6 mars 1911

Vente du Lundi 6 et du Mardi 7 Mars 1911

(HOTEL DROUOT)

COMMISSAIRE-PRISEUR : Me ANDRÉ DESVOUGES

CATALOGUE
D'UNE COLLECTION IMPORTANTE

DE

COSTUMES MILITAIRES
FRANÇAIS ET ÉTRANGERS

DE

COSTUMES CIVILS
RECUEILS, SUITES

ESTAMPES DÉTACHÉES, AQUARELLES, LIVRES

LITHOGRAPHIES

DEUXIÈME PARTIE

PARIS

LIBRAIRIE HENRI LECLERC

219, RUE SAINT-HONORÉ, 219

ET 16, RUE D'ALGER

1911

CATALOGUE

DE

COSTUMES MILITAIRES

ET DE

COSTUMES CIVILS

LA VENTE AURA LIEU

Les Lundi 6 et Mardi 7 Mars 1911

A 2 heures précises

HOTEL DES COMMISSAIRES-PRISEURS, 9, RUE DROUOT

SALLE N° 7

Par le ministère de Mᵉ **ANDRÉ DESVOUGES**, commissaire-priseur

26, RUE GRANGE-BATELIÈRE, 26

Successeur de Mᵉ Maurice DELESTRE

Assisté de **M. HENRI LECLERC**, libraire

219, RUE SAINT-HONORÉ, 219
ET 16, RUE D'ALGER

VOIR L'ORDRE DES VACATIONS A LA FIN DU CATALOGUE

CONDITIONS DE LA VENTE

La vente se fait au comptant.

Les acquéreurs paieront 10 pour 100 en sus des enchères.

Les livres vendus devront être collationnés dans les vingt-quatre heures de l'adjudication. Passé ce délai, ils ne seront repris pour aucune cause.

M. LECLERC se réserve la faculté, dans l'intérêt de la vente, de réunir ou de diviser les numéros du catalogue. Il remplira les commissions qu'on voudra bien lui confier.

CATALOGUE

D'UNE COLLECTION IMPORTANTE

DE

COSTUMES MILITAIRES

FRANÇAIS ET ÉTRANGERS

DE

COSTUMES CIVILS

RECUEILS, SUITES

ESTAMPES DÉTACHÉES, AQUARELLES, LIVRES

LITHOGRAPHIES

DEUXIÈME PARTIE

PARIS

LIBRAIRIE HENRI LECLERC

219, RUE SAINT-HONORÉ, 219

ET 16, RUE D'ALGER

1911

I. — COSTUMES MILITAIRES

A. — GÉNÉRALITÉS

1368. ALLIÉS A PARIS (Les). Scènes de mœurs. *A Paris, chez Basset, Charon, Vve Chéreau et Martinet, s. d.* (vers 1815), in-4, en largeur, en feuilles.

Réunion de 7 planches gravées et coloriées, dont voici le détail : *Les Alliés à la rotonde du Palais-Royal*, gravée par *Thiebaud*. — *Réunion d'alliés*, gravée par *Jubin*, d'après *Malbranche*. — *Ce qui vient de la flute, retourne au tambour*. — *Anglais 12e de chasseurs, anglais chasseurs à pied, écossais, hussard hanovrien, carabinier belge*. — *Grenadier hongrois, grenadier autrichien, cuirassier russe, fantassin russe, cavalier anglais*. — *Les Souverains alliés à Paris*, gravée par *Godefroy*. — *Ah ! fi donc, ou les avances en pure perte*.

Marges inégales.

1369. ARMÉES DES SOUVERAINS ALLIÉS (1814-1815). *A Paris, chez Genty, Gautier et Martinet, s. d.*, in-4, en largeur, en feuilles.

Réunion de 4 planches gravées et coloriées, dont voici le détail : *Lord Wellington, générallissime des armées anglaises, entouré de son Etat-Major*. — *Rencontre d'officiers anglais et écosssais à Paris*. — *Costumes militaires anglais*. — *Ecossais*.

1370. ARMÉES DES SOUVERAINS ALLIÉS. — Russes (1814-1815). *A Paris, chez Gautier et Martinet, s. d.*, 3 planches gravées et coloriées, in-4, en largeur.

Officiers et soldats russes. — *La Russe, ou les alliés à Tivoli*. — *Costumes russes*.

1371. ARMÉES DIVERSES. Réunion de 4 vol. in-4 et in-8 cartonnés.

Armées d'Europe. *Londres, R. Tuck*, texte anglais et nombreuses chromolithographies. — Draner. Types militaires étrangers. *Paris, Librairie illustrée*, 20 lithographies humoristiques coloriées. — Dally

(Lieut.-Col.). Les Armées étrangères en campagne, leurs uniformes. 82 types militaires. *Paris, Noizette*, 1885. — Knötel (R.) Vogt (H.) und Lohmeyer (J.) Das Militärbilderbuch. Die Armeen Europas. *Glogau Flemming, s. d.*, texte et nombreuses chromolithographies.

1372. ARMÉES DIVERSES. Réunion de 4 albums, publiés à Leipzig par Moritz Ruhl, pet. in-8, cartonnés.

Bresler (Arthur-L.). Die Armee der Vereinigten Staaten von Nord-America ; texte et 19 chromolithographies se dépliant, d'uniformes et de schéma. — Französiche Armee (Die) in ihrer gegenwärtigen Uniformirung ; texte et 17 chromolithographies se dépliant d'uniformes et de schéma. — Hohmann (J.). Die Niederländische Armee nebst den Kolonialtruppen und Freiwilligenkorps in ihrer gegenwärtigen Uniformierung ; texte et 16 chromolithographies se dépliant d'uniformes et de schéma. — Italienische Armee (Die) in ihrer gegenwärtigen Uniformirung ; texte et 17 chromolithographies d'uniformes et de schéma.

1373. ARMÉES ITALIENNE ET ESPAGNOLE. Réunion de 34 cartes postales illustrées, représentant sous forme de petits tableaux les uniformes militaires de l'armée italienne et de l'armée espagnole, in-8.

24 cartes d'uniformes italiens, d'après *Cenni*. — 10 cartes d'uniformes espagnols, d'après *Cusachs*.

On y joint : 9 lithographies coloriées, de costumes militaires sardes, découpés d'une seule planche.

Ens. 43 pièces.

1374. BASSET (Chez). Soldats français. — Combat entre les Turcs et les Russes. Les soldats russes enlèvent les femmes et pillent les paysans. *A Paris, chez Basset, s. d.*, 2 planches gravées et coloriées, in-4.

Ces 2 pièces sont collées au recto et au verso d'un carton.

1375. CAHIERS D'ENSEIGNEMENT illustrés. Réunion de 64 cahiers pet. in-4, brochés

Chaque cahier contient un texte par de Bouillé, H. Barthélemy, Dally, etc., et des planches en couleurs et en noir d'après les dessins de *Dumaresq*, *M. Roy*, *Eriz*, et autres d'uniformes des armées françaises et étrangères en 1884-1888.

1376. DERO-BECKER (Chez). Galerie militaire. *A Paris, chez Dero-Becker et maison Martinet, s. d.*, in-4, en feuilles, dans un carton.

Réunion de 145 lithographies, la plupart en double ou en triple ; presque toutes ces planches appartiennent à la seconde partie de la collection Dero-Becker, publiée par la maison Martinet.

47 planches sont coloriées, les autres sont en noir.

1377. [DIVERTISSEMENTS DE SOLDATS FRANÇAIS et de soldats autrichiens, pendant la campagne de 1796], 2 jolies planches gravées et coloriées, in-4, montées sur bristol bleu.

On y a joint 2 petites pièces de la même époque, représentant les mêmes sujets très réduits.

1378. DRANER. Types militaires étrangers. *Paris, Librairie illustrée, s. d.*, in-4, cartonn. toile rouge, tr. jasp. (*Cartonn. des éditeurs*).

Série de 20 lithographies humoristiques coloriées.

1379. FINART et DESRAIS. Troupes étrangères. *A Paris, chez Basset et Nepveu, s. d.*, in-8, en feuilles.

Collection de 60 planches gravées et coloriées par *Finart* et *Desrais*, ou non signées.

Les planches 28 à 33, 53 et 56 manquent ; par contre, nous possédons 2 planches non décrites au *Catalogue de costumes militaires* (pl. 37 *Cosaque du Don* et une planche portant le n° 67, *Cavalier belge*).

La plupart des planches sont grandes de marges.

1380. GENTY (Chez). Premier (second et troisième) tableau comparatif des principaux corps militaires européens en 1815. *A Paris, chez Genty, s. d.*, in-fol., en largeur.

Suite complète de 3 planches gravées et coloriées, représentant chacune plusieurs personnages à pied : *Grenadiers, officiers d'infanterie, dragons*.

Très intéressante suite fort bien exécutée et rare.

Epreuves à toutes marges.

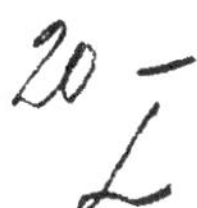

1381. GENTY (Chez). Tableau des nouveaux uniformes des troupes françaises en 1816. Cavalerie de la Garde royale. — PREMIER TABLEAU comparatif des principaux corps militaires européens. Grenadiers français, belge, anglais, bavarois, autrichien, prussien, russe. *A Paris, chez Genty, s. d.*, 2 pièces gravées et coloriées, in-4, en largeur.

1382. KLEIN (J.-A.). Scènes militaires de l'époque du premier empire. Réunion de 33 planches gravées à l'eau-forte et de divers formats ; dans un carton.

Ces planches, publiées de 1814 à 1819 à Vienne, à Prague, à Mannheim, à Nuremberg, etc., par Artaria, Berra et autres, représentent des scènes militaires entre soldats russes (cosaques), autrichiens, bavarois, etc.

La plupart des planches sont sans légende et quelques-unes sont en double.

1383. KNÖTEL (Richard). Uniformenkunde. Lose Blätter zur Geschichte der Entwicklung der militärischen Tracht. Herausgegeben, gezeichnet und mit kurzem Text versehen von Professor Richard Knötel. *Rathenow, Max Babenzien*, 1895-1908. 15 vol. pet. in-4, en feuilles, dans les cartonnages de publication.

880 lithographies coloriées de costumes des armées européennes depuis 1698, accompagnées d'un texte.

1384. TROUPES ÉTRANGÈRES. Réunion de 14 planches gravées ou lithographiées, dont 8 coloriées et 6 en noir ; de divers formats.

Armée belge, 4 lithogr. d'après *Payen*, à nombreux personnages. —

Armée suédoise, 2 pl., dont une gravée par *Bamberg*. — Armée danoise, 2 planches, dont 1 aquarelle et 1 pièce gravée par *Engelbrecht*. — Armées autrichienne, hollandaise, portugaise, etc., 5 pl. publiées chez Genty, Basset et autres, dont 2 copies à l'aquarelle. — 1 schéma de l'armée japonaise.

1385. VALLET (L.). A travers l'Europe, croquis de cavalerie. Préface de M. Roger de Beauvoir. Ouvrage illustré de 300 gravures dans le texte et 50 en couleurs d'après les dessins de l'auteur. *Paris, Firmin Didot et Cie*, 1893, in-4, cartonn., dos et coins chagrin vert, plats toile, fers spéciaux, tête dor., non rogné, couvert. (*Cartonn. des éditeurs*).

1386. VENTURINI (Carl). Russlands und Deutschlands Befreiungskriege von der Franzosen-Herrschaft unter Napoleon Buonaparte in den Jahren 1812-1815. *Leipzig und Altenburg, F.-A. Brockhaus*, 1816-1819, 4 vol. in-8, dos et coins bas. brune, tr. jaunes.

Ouvrage orné de 12 planches de portraits et figures en noir, de 3 cartes et de 12 planches coloriées qui représentent, sous forme de petits tableaux, des costumes militaires ; elles sont dessinées par *Opitz* et gravées par *Zochoch*.

1387. VENTURINI. Réunion des 12 planches coloriées de costumes militaires, du numéro précédent.

B. — FRANCE

1388. ADAM (V.). Cavalerie de la Garde impériale du premier empire. *A Paris, chez Bance, s. d.*, in-fol., en hauteur, en feuilles.

Suite complète de 4 lithographies coloriées.
Epreuves tirées sur papier de Chine.
La planche : *Grenadier à cheval. Soldat* est en noir, et la planche : *Dragons de la Garde. Officier*, est tirée sur papier ordinaire.

1389. ADAM (V.). Cavalerie de la Garde impériale du premier empire. Même suite.

3 (sur 4) lithographies en noir ; épreuves tirées sur papier de Chine.
La planche : *Dragons de la Garde. Officier*, manque.
On y joint un double tiré sur blanc de la planche : *Chasseur à cheval. Officier*.
Ens. 4 planches.

1390. ADAM (V.). Collection des costumes militaires, armée française 1832, représentés dans des sujets de genre, lithographiés par V. Adam. *A Paris, publié par Dero-Becker, s. d.*, in-fol. oblong, monté sur onglets, dos et coins mar. bleu.

Collection complète de 42 lithographies coloriées plusieurs sont en coloris moderne ; la planche 42 est plus courte de marges.

1391. ADAM (V.). Lanciers, 1837. — Dragons, 1837. — Cuirassiers, 1837 et 1839. — Artillerie, 1837. *A Paris, chez Aumont, Lith. de Lemercier, s. d.*, in-fol., en largeur, en feuilles.

Réunion de 4 lithographies, dont 3 coloriées et 1 en noir.
On y joint : 5 planches doubles en noir. — Ens. 9 pièces.

1392. ADAM (V.). [Costumes de l'armée française, 1860-1861] (*A Paris, Desgodets et Cie, s. d.*), in-4, en feuilles.

Réunion de 11 lithographies (sur 32) coloriées ; elles sont coupées au cadre et les légendes, manuscrites, sont dans la planche.
On y a ajouté 5 planches de V. Adam en épreuves avant la lettre (dont 3 sont coloriées) qui semblent faire partie de la même collection, mais qui n'ont pas été comprises dans la série des 32.

1393. ADAM (V.). Costumes de l'armée française, 1860-1861-1862. *Paris, Desgodets et Cie, s. d.*, in-4, en feuilles.

Réunion de 22 lithographies coloriées, tirées sur papier teinté et sur papier blanc.
Les planches 1, 6, 8, 9, 10, 12, 14, 15, 16, 28, 29, 30, 31 et 32 manquent.
Les planches suivantes sont en double : 22 (noire et coloriée), 27 et 30 *bis* (avec différences).

1394. ALBOIZE et ELIE. Fastes des Gardes nationales de France. Publication nationale. *Paris, Ad. Goubaud*, 1849, 2 tomes en 1 vol., nombreuses planches gravées sur acier. — Même ouvrage. *Paris, Goubaud et Laurent*, 1849, 1 vol. — Marco Saint Hilaire (E.). Histoire anecdotique, politique et militaire de la Garde impériale. Illustré par H. Bellangé, E. Lamy, de Moraine, Ch. Vernier. *Paris, Penaud et Cie*, 1847. — Ens. 3 vol. gr. in-8, demi-rel., bas. verte et rouge, tr. jasp.

1395. ALBUM de l'armée française (de 1700 à 1870). Quarante planches en couleur de Aubry, Hte Bellangé, E. Chaperon, L. Geens, Ch. Morel, L. Vallet, etc., et quarante planches en noir, pour colorier. Texte par L. Fallou. *Paris, La Giberne*, 1902, pet. in-4, cartonn. toile rouge, fers spéciaux (*Cartonn. de publication*).

1396. ALBUMS MILITAIRES. Réunion de 5 albums in-4, dont 3 brochés, 1 cartonné et 1 demi-rel. chagrin rouge.

Chaperon (Eug.). Le Soldat français. *Paris, Laurens, s. d.*, 32 planches. — Charly. L'armée française ancienne, moderne et future. *Paris, Tallandier, s. d.*, gravures humoristiques en couleurs. — Job. 7e album, nombreuses gravures. — Neuville (de). En campagne. *Paris, Boussod, Valadon et Cie*, nombreuses illustrations. — Vanier et Sta (H. de). Armée française. Nouvel alphabet militaire. *Paris, Vanier*, 1886, 25 chromolithographies.

1397. AMBERT (Joachim). Esquisses historiques des différents corps qui composent l'armée française, par Joachim Ambert. Dessiné par Charles Aubry. *Paris, A. Degouy*, 1835, in-fol. en feuilles.

Suite complète des 13 lithographies de la première édition.
On y a joint un double de la planche : *Lanciers*.

1398. AMBERT (Joachim). Esquisses historiques des différents corps qui composent l'armée française, par Joachim Ambert; dessiné par Charles Aubry. *Paris, A. Degouy, s. d.* (1835), in-fol. en feuilles, dans la couverture de publication.

Seconde édition contenant 3 planches de plus que la première.
Titre lithographié, texte avec vignettes gravées sur bois et 16 lithographies dans des encadrements représentant des scènes militaires.
On y joint un double colorié de la planche *Houzards, 1835*.

1399. ANNUAIRES MILITAIRES. Réunion de 4 vol. in-18, veau marb., demi-rel. veau et broché.

Abrégé du dictionnaire militaire pour servir d'étrennes à MM. les officiers. Année 1759. *A Paris, chez la veuve Bordelet*, 1759. — Annuaire de la maison militaire du roi pour l'année 1830 (4e année), par M. Fauvel. *A Paris, chez Baur*, 1830. — Atlas ecclésiastique, civil, militaire et commerçant de la France, pour 1788. *A Paris, chez Beauvais*, 1788, frontispice et cartes et petite figure coloriée dans le texte représentant un artilleur. — État militaire de la France pour l'année 1780, par M. de Roussel. *A Paris, chez Onfroy*, 1780.

1400. ARMÉE FRANÇAISE. Réunion de 14 lithographies, dont 9 coloriées et 5 en noir, in-fol.

5 planches d'après *Lalaisse* (Cavaliers et fantassins du second Empire). — 1 planche d'après *Foussereau* (Lancier d'Orléans). — 7 planches publiées chez Martinet-Hautecœur, 1852-1853 (Cavaliers du second empire). — 1 planche d'après *Bayol* (Hussards).
On y joint le titre de l'ouvrage de Lalaisse : *Garde Impériale*.

1401. ARMÉE FRANÇAISE. Réunion de 17 planches en couleurs ou chromolithographies, d'après Detaille et de Neuville ; de divers formats.

1402. ARMÉE FRANÇAISE. Réunion de 23 planches gravées, la plupart coloriées, de divers formats.

Soldats de la Révolution.
6 planches d'après *Labrousse*, représentant des militaires de la Révolution. — 1 planche d'après *Rudl*. Un dragon français venant d'une bataille avec un prisonnier autrichien. — 7 planches de maniement d'armes. — 1 planche d'après *Duvivier* : *Grace au ciel, il me reste encore deux bras et une jambe pour le service de mon roi.* — 8 pièces diverses.

1403. ARMÉE FRANÇAISE. Réunion de 18 chromolithographies diverses publiées par la *Sabretache* (13), par Eug. Titeux (2), Vallet (1), etc., in-4 en feuilles.

1404. ARMÉE FRANÇAISE. Réunion de 24 chromolithographies diverses d'après Cortazzo, M. Orange, Detaille, A. de Neuville, etc., etc., in-fol. et in-4.

1405. ARMÉE FRANÇAISE SOUS L'ANCIEN RÉGIME. Réunion de 2 dessins et de 7 pièces diverses gravées ou lithographiées, in-4 et in-8.

Hussards et Hongrois au service de la France, 2 dessins à la plume. — Cavalier, pièce gravée par *Demarteau*, d'après *Parocel*. — Cimbalier du Régiment des gardes françaises, copie d'après *Hoffmann*, etc., etc. Ens. 9 pièces.

1406. ARMÉE FRANÇAISE sous la Révolution et l'Empire. Réunion de 17 planches gravées ou lithographiées, coloriées et de 5 aquarelles ou dessins, de divers formats.

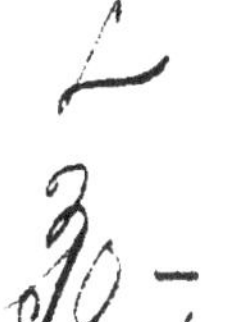

1 lithographie d'après *Martinet* : *Touche là, mon jeune camarade, les nouveaux valent les anciens*. — 1 pièce en noir avant la lettre : *Timbalier*, publiée par *Martinet*. — 1 lithographie : *L'Etape*, publiée chez *Genty*. — 1 pièce d'après *Laderer* : *Soldats du régiment des Dromadaires*. 1 pièce d'après *Volz* : « Infanterie française ». — Mars et Vénus, hussards de la légion de Lauzun, etc., etc.

1407. ARMÉE FRANÇAISE. Restauration. Réunion de 9 planches gravées et coloriées, publiées chez Genty, Basset, Canu, Lenoir et Pillot, in-8.

Grenadier à pied de la garde royale, Dragon de la garde royale, 2 pièces publ. chez Lenoir. — Cuirassier, tambour-major, timbalier des lanciers, etc., etc.
La plupart de ces planches sont coupées au cadre.

1408. ARMÉE FRANÇAISE. Restauration. Réunion de 5 planches d'imagerie populaire, dont 3 coloriées et 2 en noir fin-ol. en largeur.

Garde royale, 2 grav. sur bois publiées à Chartres chez Garnier-Allabre. — Garde royale. Artillerie, eau-forte publiée à Paris, chez Basset. — Cavalerie française, 1 planche gravée publiée à Nuremberg, chez Rennert. — Garde royale, cavalerie, 1 lithogr. sans nom d'éditeur (pièce à découper).

1409. ARMÉE FRANÇAISE. Restauration. Réunion de 17 planches gravées ou lithographiées, en noir et coloriées, de divers formats.

Pièces d'après *Horace* et *Carle Vernet*, *Grenier*, *Job*, *V. Adam*, etc.

1410. ARMÉE FRANÇAISE SOUS LA RESTAURATION. Réunion de 30 lithographies diverses publiées par Engelmann, Aubert, Lasteyrie et autres, dont 9 coloriées et 21 en noir, in-fol. et in 4.

Les quatre époques de l'armée française, par *Ulysse*, 3 p. sur 4. — 3 pièces par *Foussereau*, 4 par *Eug. Lami*, 3 par *Finart*, 2 par *Bellangé*, 15 pièces diverses par *Aubry*, *Devéria*, *Vernet* et autres.

1411. ARMÉE FRANÇAISE sous le premier Empire. Réunion de

18 planches gravées ou chromolithographies, dont 6 en noir et 12 en couleurs ; de divers formats.

3 planches d'après *Detaille*. — 3 planches d'après *Jazet*. — 2 planches d'après *Vallet*. — 10 planches diverses d'après *A. Dumaresq*, *Raffet*, *Maurice Leloir*, *Géricault*, et autres.

1412. ARMÉE FRANÇAISE sous le premier Empire. Réunion de 4 planches gravées et coloriées ; de divers formats.

Garde impériale et royale française de Grenadiers et Chasseurs, pièce gravée par *Rugendas*. — Duel entre dragons français (légende en allemand). — Cuirassier, grenadier, chasseur, etc.

Ces pièces représentent, sous forme de petits tableaux, les uniformes militaires français de l'époque du premier Empire.

1413. ARMÉE FRANÇAISE. Premier Empire. Réunion de 45 lithographies, dont 17 coloriées et 28 en noir, de divers formats.

Pièces publiées par Dero-Becker, Delarue, Wild, etc., d'après *Bastin*, *Lalaisse*, *Bellangé*, *Mondor de l'Aigle* et autres.

Parmi ces pièces se trouve un croquis à l'aquarelle.

1414. ARMÉE FRANÇAISE SOUS LE SECOND EMPIRE. Réunion de 37 lithographies diverses dont 32 coloriées et 5 en noir, de différents formats.

Pièces par *Lalaisse*, *Vernier*, *Bastin*, *Mès*, *Montaut*, etc., publiées par Sinnet, Martinet, Hautecœur, Noel et autres.

1415. ARMÉE FRANÇAISE sous le règne de Louis-Philippe. Réunion de 42 lithographies diverses, dont 19 coloriées et 23 en noir, de différents formats.

7 planches d'après *Lœillot*, 2 d'après *Janet-Lange*, 32 diverses d'après *Devéria*, *Charlet*, *Grandville*, *Nanteuil*, etc., et 1 aquarelle signée *Janet-Lange*, représentant un soldat d'infanterie légère en capote.

1416. ARVERS (Capitaine P.). Historique du 82ᵉ régiment d'infanterie de ligne et du 7ᵉ régiment d'infanterie légère, 1684-1876. *Paris*, *Lahure*, 1876, in-8, demi-rel. bas. verte.

Orné de 23 planches d'uniformes gravées à l'eau-forte d'après les dessins du lieutenant *Ch. Brecht*.

1417. AUBRY et GRENIER. Uniformes militaires français de l'époque de la Restauration. Réunion de 10 lithographies, dont 8 en noir et 2 coloriées, in-fol. en hauteur.

Artillerie, génie, dragons, hussards, cuirassiers, etc.

Ces lithographies ont été publiées chez Motte et chez Engelmann.

1418. BASSET (Chez). Uniformes français. *A Paris*, *chez Basset*, *s. d.*, in-4, en feuilles.

7 pièces gravées et coloriées.

Garde royale. Officier des cuirassiers. — Garde royale. Officier des gendarmes d'élite. — Garde royale. Chasseurs à cheval. Trompette. — Infanterie légère. Compagnies de voltigeurs. Trompette, etc., etc.

Belles épreuves à toutes marges, dont 3 AVANT la lettre.

1419. BAUDOUIN (S.-R.). Exercice de l'infanterie française ordonné par le roy le VI may 1755, dessiné d'après nature dans toutes ses positions et gravé par S.-R. Baudouin. *S. l.* (*Paris*, 1757), in-fol., en feuilles, dans un album relié toile bleue.

Cet exemplaire contient seulement le titre et 56 planches ; il manque l'avertissement, la table, les 16 pp. de texte et les pl. 1, 29, 32, 33, 34, 37 et 38, — les planches 3, 5, 6, 8, 54, 58, 60, 61 et 62 ont été coloriées.

On y a ajouté 13 planches diverses, noires ou coloriées, parmi lesquelles un portrait équestre de Louis XV, une planche gravée par *Hofmann* d'après *Bourcard*, et coloriée, représentant 5 figures de l'école du soldat, 5 planches extraites de l'*Encyclopédie* donnant 60 figures de l'école du soldat, etc., etc.

1420. BEAUVOIR (Roger de). Almanach illustré de l'armée française. *Paris, E. Plon, Nourrit et Cie*, 1889-1906, 8 vol. in-4, dont 4 brochés et 4 cartonnés.

Années 1889, 1890, 1895, 1897, 1901, 1903 à 1906.

1421. BELLANGÉ (H.). Ecole du soldat. *Paris, lithogr. de Engelmann, s. d.*, in-4 en feuilles.

Suite complète de 18 lithographies en noir, dont 1 frontispice, numérotées 1 à 18.

Adeline (nos 261-272) n'indique que 12 planches.

7 planches sont coupées au cadre et remontées.

1422. BELLANGÉ (H.). Uniformes de l'armée française depuis 1815 jusqu'à ce jour (1826). *A Paris, chez Gihaut frères, s. d.*, in-4, monté sur onglets, dos et coins de basane.

Suite importante, bien complète, composée d'un titre et de 116 lithographies coloriées très grandes de marges, sauf six pièces qui sont un peu plus courtes de marges.

1423. BODIN (B.). Echo des casernes. *A Paris, chez Genty*, 1822, in-4, en feuilles.

Réunion de 6 lithographies coloriées, numérotées 4, 6, 7, 8, 9. Une planche est sans numéro.

1424. BOUCHOT (Henri). L'Epopée du costume militaire français. Aquarelles et dessins originaux de Job. *Paris, L.-Henry May, s. d.*, in-4, mar. vert à longs grains, fers spéciaux, tête dor., ébarbé (*Rel. de l'éditeur*).

1425. BOULLIER. Histoire des divers corps de la maison militaire des rois de France depuis leur création jusqu'à l'année 1818. *Paris, Imp. de Le Normant*, 1818, in-8, broché.

Table manuscrite, ajoutée.

1426. BOURQUENEY (Capitaine de). Historique du 25e régiment de Dragons, 1665-1890. *Tours, Mame,* 1890, gr. in-8, demi-rel. chagrin rouge, non rogné (*Couvert.*).

Illustré de 14 planches en noir et en couleurs.

1427. BOYMANS (J.-A.). Le Garde d'honneur, ou épisode du règne de Napoléon Buonaparte. *A Bruxelles, chez Weissenbruck,* 1822, in-8, cartonné, non rogné.

Deux cartes et 5 lithographies par *de Noter.*

1428. BREVETS MILITAIRES. Réunion d'une aquarelle, d'une lithographie en noir et d'une chromolithographie. — Ens. 3 pièces in-fol. en largeur.

Aquarelle, représentant un assaut d'armes où sont figurés 16 types d'uniformes militaires français vers 1827. Cette aquarelle semble être une copie de la lithographie, publiée à Genève, qui se trouve dans ce lot. — La chromolithographie représente différents types de militaires en 1863.

1429. CARNOT (Sadi). Les Volontaires de la Côte-d'Or. Origines historiques, formations de 1789 et 1791. Veillée des armes. *Dijon, L. Venot,* 1906, in-4, broché.

Reproductions hors texte, en phototypie.
Envoi autographe de l'auteur sur le faux-titre.

1430. CASTILLON DE SAINT-VICTOR (de). Historique du 5e régiment de Hussards. *Paris, Lobert et Person,* 1889, in-4, demi-rel. chagrin rouge, tr. jasp.

9 gravures en couleurs par *H. de Bouillé,* et reproductions photographiques de 23 portraits de colonels et de la prise de la flotte du Texel.

1431. CAVALERIE FRANÇAISE sous Napoléon III. Réunion de 24 lithographies, publiées chez Martinet-Hautecœur, Boivin et autres, de divers formats.

Planches de la *Galerie Militaire* et autres (Régiment des Guides, hussards, lanciers, garde impériale, etc.).
4 planches sont coloriées.

1432. CHARLET (d'après). Costumes militaires français. *S. l.,* 1820, in-8, en feuilles.

Réunion de 16 planches gravées à l'eau-forte et coloriées, signées D. L. D., copiées d'après *Charlet.* — Une planche est en noir et courte de marges ; une autre est double avec variantes dans le coloris.

1433. CHARLET. Costumes de l'ex-garde impériale. *Paris, F. Delpech, s. d.* (1819-1820), 30 pièces in-4, en feuilles.

Suite complète de 30 lithographies coloriées (La Combe, nos 157-186).
La planche 29 est plus courte de marges.

1434. CHARLET. Costumes de l'ex-garde. *Paris, Lithogr. de Delpech, s. d.*, in-4, en feuilles.

Collection de 23 (sur 30) lithographies coloriées. Les planches 4, 5, 9, 14, 23, 25 et 26 manquent.

Les planches de cette série sont sans cadre ni fonds ; elles ne portent pas le nom de Charlet et les personnages sont plus petits que dans la collection avec fonds et cadre.

1435. CHARLET. Costumes militaires français. *A Paris, chez Delpech*, 1817-1818, in-4, demi-rel. toile grenat.

21 lithographies coloriées, d'après les dessins à la plume de *Charlet* ; elles sont numérotées 3 à 24. Les planches 1, 2 et 25 à 28 manquent (La Combe, *Charlet*, n°s 129-150).

On y a ajouté : *Costumes militaires français*, par Charlet, série de 25 pièces (sur 28) à la plume publiées en 1821, réimpression des pièces publiées chez Delpech en 1817 et 1818 (La Combe, n°s 127-154).

Les planches 2, 5 et 6 manquent.

1436. CHARLET (d'après). Fusilier de la garde. 1821, in-4, en feuilles.

70 épreuves d'une planche à la plume lithographiée, en tirage moderne.

On y joint : 18 épreuves modernes tirées sur 9 feuilles d'une des planches de l'ouvrage de Lattré : *Uniformes de l'infanterie françoise*, etc., etc.

1437. CHARON (Chez). La Revue royale ou réunion des uniformes français. *A Paris, chez Charon et Martinet, s. d.* (vers 1816), in-4 en largeur.

Pièce gravée et coloriée.

« Cette planche, finement gravée, représente 18 soldats ou officiers de la Maison du Roi et de la Garde royale, groupés dans des cadres particuliers, autour d'un sujet central représentant le couronnement du buste de Louis XVIII » (*Catalogue des costumes militaires*, page 491).

1438. CHARPENTIER (Eug.). Costumes militaires sous le règne de Louis-Philippe. *Paris, Victor Delarue, s. d.*, in-fol. en largeur.

Suite complète des 3 lithographies coloriées, décrites au *Catalogue des costumes militaires*, page 93 ; elles sont numérotées 2 (*Cavalerie de réserve, régiment de cuirassiers*). — 3 (*Cavalerie de ligne. Régiment de Dragons*). — 4 (*Cavaliers et canonniers vétérans*).

Cette collection est sans doute restée inachevée.

1439. CHATAIGNIER et POISSON. Costumes militaires et civils sous le Consulat, et costumes portés au Sacre de Napoléon Ier. *A Paris, chez Chataignier et Jean*, an VIII-an XII, in-fol. en feuilles.

Collection de 16 planches gravées et coloriées, dont voici les numéros : 38, 39, 40, 45, 50, 61, 66 (triple avec variantes dans le coloris), 69, 70, 71, 75, 78 *bis*, 117 (double avec variantes dans le coloris).

7 planches sont tirées sur papier fort.

1440. CHOPPIN (Le Capitaine Henri). La Cavalerie française. Illustrée de nombreux dessins et de 16 gravures hors texte en couleurs. *Paris, Garnier frères*, 1893, gr. in-8, dos et coins mar. rouge, tête dor., non rogné.

1441. COGNIET (Léon) et RAFFET. Illustrations de l'armée française depuis 1789 jusqu'en 1832. *Paris, publié par Victor Delarue, s. d.* (1837), in-fol. en feuilles.

Réunion de 11 lithographies dont 10 d'après *Raffet*, et 1 d'après *Léon Cogniet*.

9 sont tirées sur Chine. La collection complète comprend 1 frontispice et 19 planches.

1442. COIGNET. Les Cahiers du capitaine Coignet (1776-1850), publiés d'après le manuscrit original, par Lorédan Larchey. Illustrés par J. Le Blanc. *Paris, Hachette et Cie*, 1888, in-4, dos et coins chagrin rouge, tête dor., non rogné.

1443. DERO-BECKER (Chez). Armée française. 1774. *A Paris, chez Dero-Becker, s. d.*, in-4 en largeur, en feuilles.

Suite de 6 lithographies coloriées, représentant, sous forme de petits tableaux, les uniformes militaires à la fin du règne de Louis XV.

1444. DERO-BECKER (Chez). Galerie militaire. *A Paris, chez Dero-Becker, lithogr. de Rigo frères, Coulon et autres, s. d.* 1840-1855), in-4, en feuilles.

Réunion de 57 lithographies en noir.

Les planches 125, 194, 271, 291 et 294 sont en double et les planches 52, 245, 248 sont en triple ; 5 sont coloriées.

1445. DERO-BECKER (Chez). Galerie militaire. *Paris, chez Dero-Becker* [*et Martinet*], *s. d.*, in-4, en feuilles.

Réunion de 67 lithographies de ce recueil représentant les uniformes de hussards français sous la Révolution, l'Empire, Louis-Philippe et Napoléon III. — 31 sont coloriées et 36 en noir.

1 pièce est rognée au filet.

1446. DESJARDINS (Gustave). Recherches sur les drapeaux français. Oriflamme, bannière de France, marques nationales, couleurs du Roi, drapeaux de l'armée, pavillons de la marine. *Paris, Vve A. Morel*, 1874, gr. in-8, dos et coins mar. rouge, tête dor., non rogné.

Frontispice lithographié en couleurs, d'après *Eisen*, 42 chromolithographies et figures dans le texte gravées sur bois.

1447. DETAILLE (Edouard). L'Armée française. *Paris, Boussod, Valadon et Cie*, 1885-1889, in-fol. en feuilles, dans un cartonnage de publication.

Réunion de 28 planches hors texte, en couleurs, 8 planches hors texte en noir avant la lettre, tirées sur papier du Japon et 16 tirages à part en noir sur Japon, des illustrations du texte.

On y joint : 17 couvertures de publication en couleurs, de l'édition populaire.

1448. DETAILLE (Edouard). Types et uniformes. L'Armée française. Texte par Jules Richard. *Paris, Boussod, Valadon et Cie*, 1885-1889, 2 vol. in-fol., dos et coins chagrin rouge, tête dor., ébarbés.

Nombreuses chromotypogravures hors texte et vignettes dans le texte. Edition populaire.

1449. DÖRING (Chez). Militaires du premier empire. *Frankfurt am Main, s. d.*, in-8.

Réunion de 24 sujets coloriés, découpés d'une grande feuille d'imagerie populaire. On y a joint une petite aquarelle représentant un hussard de 1807.

1450. DRANER. Civils et militaires. *Paris, Dusacq et Cie, s. d.*, in-fol. en hauteur, en feuilles.

Réunion de 10 lithographies humoristiques, coloriées.

1451. DRANER. Les Soldats de la République. L'Armée française en campagne. *Paris, au Bureau de l'Eclipse, s. d.*, in-4, cartonn. demi-toile rouge.

Titre et 31 lithographies coloriées.

1452. DUPUY (Capitaine Raoul). Historique du 3e régiment de Hussards, de 1764 à 1887. *Paris, Piaget*, 1887, in-8, demi-rel. chagrin rouge, ébarbé.

8 portraits et 9 planches de costumes coloriées.

1453. DUYFFCKE (Ehlert Heinrich). Schweizer Garde Regiment. Königlich französischer Officier vom General-Staab, 1827, in-fol. en hauteur.

Belle aquarelle montée sur bristol, mesurant 0,48 sur 0,38 ; elle représente un officier supérieur d'un régiment suisse de la Garde royale française, en grand uniforme. Le fond de l'aquarelle représente un paysage avec aspects variés.

Le personnage est peint par *Duyffcke* et le paysage par *Stange*.

Cette aquarelle a été reproduite par Job, dans le premier volume de la *Tenue des troupes*.

1454. ECOLE DE CAVALERIE de Saumur. *Saumur, Javaud, s. d.*, gr. in-fol. monté sur onglets, cartonn. toile rouge, fers spéciaux (*Rel. de l'éditeur*).

Album composé d'un titre lithographié, de 7 pp. de texte, d'une vue d'ensemble de l'Ecole, lithographiée à 2 teintes, et de 12 lithographies coloriées d'après *V. Adam*, représentant des carrousels et divers exercices, steeple-chases, chasse à courre, etc., etc.

Il manque une planche. L'exemplaire est détaché de la reliure.

1455. EISEN. Nouveau recueil des troupes qui forment la Garde et Maison du roy, avec la date de leur création, le nombre d'hommes dont chaque corps est composé, leur uniforme et leurs armes. Dessiné d'après nature par Eisen. *Paris, Vve Chéreau*, 1756, pet. in-fol., en feuilles.

Suite complète du titre gravé par *Le Bas* et des 13 planches gravées par *Chevilet, Parr, De la Fosse*, etc.

Ces planches sont de marges inégales ; 11 ont été coloriées.

1456. FINART. Troupes françaises. Maison du Roi. Garde royale. *A Paris, chez Basset, s. d.*, 5 planches gravées et coloriées, in-fol., en largeur.

Gardes du corps du Roi, en uniforme et en surtout. — Mousquetaires noirs en grand et petit uniforme. — Chasseurs à cheval et trompette de la Garde royale française. — Lanciers de la Garde royale française. — Hussard, cuirassier et dragon de la Garde royale française.

Ces planches sont fort intéressantes et donnent tous les détails des costumes avec beaucoup de précision ; elles constituent un document de haut intérêt (*Catalogue de costumes militaires*, pp. 35-36).

La planche des *Grenadiers à cheval* nous manque, mais par contre nous possédons la planche des *Gardes du corps du Roi*, non citée au *Catalogue*.

Deux pièces sont sans nom d'artiste.

On y joint un double de la planche *Lanciers de la Garde royale*, avec différences dans le coloris.

Ens. 6 pièces.

1457. GALERIE des militaires français qui, à différentes époques, se sont distingués par leur courage. *Paris, G. Engelmann, s. d.*, in-fol. en feuilles.

Réunion d'un titre et de 25 lithographies en noir, d'après *Vafflard, Trezel, Bosio*, etc., numérotées 1 à 41, avec de nombreuses lacunes.

3 planches sont doubles, mais courtes de marges.

On y joint deux couvertures de livraison.

1458. GARDE NATIONALE. Réunion de 5 vol. in-8 et in-12, dont 2 demi-rel. chagrin et 3 brochés.

Comte (Ch.). Histoire de la Garde nationale de Paris, depuis l'époque de sa fondation jusqu'à l'ordonnance du 29 avril 1827. *Paris, Sautelet et Cie*, 1827. — Labédollière (E. de). Histoire de la Garde nationale. Récit complet de tous les faits qui l'ont distinguée depuis son origine jusqu'en 1848. *Paris, Dumineray*, 1848, 10 planches coloriées. — Nouveau manuel complet des Gardes nationaux de France. *Paris, Roret*, nombreuses planches (trois éditions différentes).

1459. GAUTIER (Chez). Troupes françaises. Gendarmes du Roi en petit et grand uniforme, mousquetaire gris en petit uniforme, dragons, mousquetaires gris en grand uniforme. — Grenadier de la Garde royale, Cent-Suisse du roi, Légionnaire départemental, Garde national de Paris. *A Paris, chez Gautier, s. d.*, 2 planches gravées et coloriées, in-fol. en largeur.

Ces deux belles planches sont la première de 1814, et la seconde de 1816. Elles sont fort rares et donnent avec beaucoup de précision tous les détails des uniformes qu'elles représentent (*Catalogue de costumes militaires*, p. 155).

On y joint la planche suivante, gravée et coloriée, non citée au *Catalogue* : *Garde du corps du roi et du comte d'Artois, 1er régiment de chasseurs du Roi, Carabiniers et hussards du Roi* ; elle a été pliée en trois et elle est courte de marges.

Ens. 3 pièces.

1460. GAUTIER (Chez). Troupes françaises. Garde du corps du Roi et du comte d'Artois, 1er régiment de chasseurs du Roi, carabinier et hussard du Roi (1814-1815). *A Paris, chez Gautier, s. d.*, in-4, en largeur.

Sans marges.

1461. GAVARD (Ch.). Galerie des maréchaux de France. *Paris*, 1839, gr. in-8, monté sur onglets, dos et coins bas. verte, tr. jasp.

42 portraits lithographiés, tirés sur Chine, avec les états de services de chacun des maréchaux représentés.

1462. GEISLER. Entrée des chasseurs français à pied à Leipzig en 1805, in-4 en largeur.

Pièce gravée à l'eau-forte et coloriée ; elle est coupée au cadre et montée sur bristol bleu.

1463. GENTY (Chez). Tableau des nouveaux uniformes des troupes françaises en 1816. Garde royale. *A Paris, chez Genty, s. d.*, 2 planches gravées et coloriées, in-fol. en largeur.

Ces deux belles planches donnent, avec fidélité, les uniformes de la Garde royale, en 1816.

Infanterie : *Grenadier, fusilier, chasseur, sergent, officier, canonnier, train, tambour, sapeur, musicien.* — *Cavalerie* : *Grenadier, cuirassier, dragon, chasseur, canonnier, lancier, hussard.*

1464. GERARD FONTALLARD. Paris, 1830. Patriotes des 27, 28 et 29 juillet. *A Paris, chez Dauty, s. d.*, in-4, en feuilles.

Réunion de 6 lithographies coloriées, numérotées 2 à 7.

1465. GUERRE de 1870-1871. Réunion de 9 lithographies coloriées publiées à Stuttgart, in-4, en feuilles.

Ces lithographies représentent différents épisodes de la guerre franco-allemande ; les légendes sont en allemand.

1466. HALÉVY (Ludovic). Récits de guerre. L'Invasion. 1870-1871. Dessins par L. Marchetti, et Alfred Paris. *Paris, Boussod, Valadon et Cie, s. d.*, in-4, dos et coins chag. rouge, tête dor., non rogné (*Couvert.*).

1467. HISTOIRE de Médard Bonnart, chevalier des ordres royaux et militaires de Saint-Louis et de la Légion d'honneur, capitaine de gendarmerie en retraite. *A Epernei, chez Mme Vve Fiévet,* 1828, 2 vol. in-8, portraits, brochés.

Portraits lithographiés et planches gravées au trait représentant divers uniformes.

1468. HISTORIQUES DE REGIMENTS. 6 vol. in-4, in-8 et in-12, reliés et brochés.

Ambert (Colonel). 2e régiment de Dragons. Ex-Dragons de Condé. *Lyon,* 1851. — Borelly (Capitaine). Historique du 1er régiment de spahis. *Paris,* 1887. — Bournaud (F.). Le Régiment de Sapeurs-pompiers de Paris. Dessins de Ch. Morel. *Paris, Piaget,* 1878. — Bruyère (Commandant). Historique du 2e régiment de Dragons. *Chartres,* 1885, 18 planches coloriées. — Dupuy (R.). Historique des régiments de hussards (1689-1892). *Paris, Dubois,* 1893. — Gay de Vernon (Le Bon). Historique du 2e régiment de chasseurs à cheval. *Paris, Dumaine,* 1865.

1469. HOFF (Le Major). Les grandes manœuvres. Illustrations par Edouard Detaille. *Paris, Boussod, Valadon et Cie,* 1884, in-fol., cartonn. des éditeurs, dos et coins toile grenat.

Illustrations hors texte et dans le texte en phototypie.

1470. HOFFMANN. 6 cuivres modernes. gravés d'après Hoffmann.

On a joint à ces cuivres environ 600 épreuves tirées sur papier ancien, donnant 4 types de fantassins, 1 type de hussards et 1 de dragons.

1471. HUGO (Abel). Histoire de la campagne d'Espagne en 1823. ornée de 22 gravures par Couché fils. *Paris, chez Le Fuel,* 1824, 2 vol. in-8, dos et coins veau fauve, tr. jaunes (*Rel. de l'époque*).

1472. HUSSARDS. Uniformes de hussards français sous l'ancien régime. Réunion de 51 pièces, dessins et aquarelles modernes, copiées d'après des gravures. De différents formats, en feuilles.

1473. HUSSARDS. Uniformes de six régiments de hussards sous la Restauration. 6 pièces non signées, pet. in-4, en feuilles, montées sur bristol.

Gravures coloriées, représentant le maniement du sabre.

1474. JANET-LANGE. Uniformes de l'armée française en 1848, dessinés d'après les ordres du ministre de la guerre par Janet-Lange. *Paris, Imp. Aubert et Cie, s. d.* (1848), in-fol., monté sur onglets, dos et coins chagrin vert, tr. jasp.

Cet exemplaire contient le titre et 62 lithographies en noir.

Il manque les planches 20 (*Officier de cuirassiers*) et 54 (*Garde municipale de Paris*). Il renferme la table lithographiée qui est rare. Dans cette table, les planches 54 à 56 (*Garde municipale de Paris*) ne sont pas indiquées.

La planche 50 (*Vétérinaires*) est coloriée, plus courte et détachée de la reliure.

1475. JOB. Tenue des troupes de France. *Paris, Combet et Cie*, novembre 1901 à octobre 1902, in-4, en livraisons, dans un carton.

Année 1901 complète; les planches sont en deux états; noires et coloriées.

1476. LALAISSE (H.). Réunion de 7 lithographies d'uniformes militaires du second empire, publiées chez Hautecœur et Seb. Avanzo. in-fol.

Chasseurs à cheval et grenadiers de la Garde, lanciers, artilleurs, etc. 2 planches sont coloriées.

1477. LALAISSE (H.). Uniformes de l'armée et de la marine françaises de 1852 à 1870. *A Paris, chez Hautecœur-Martinet, s. d.*, in-4, en feuilles, dans un carton.

Réunion de 99 lithographies, dont 78 coloriées, les autres en noir; quelques planches sont en double, et 23 appartiennent à la série de Louis-Philippe.

1478. LALAISSE. [Uniformes des hussards sous Louis-Philippe.] *Paris, Hautecœur-Martinet, s. d.* In-4, en feuilles.

24 lithographies figurant les uniformes de 9 régiments de hussards, dont 22 coloriées et 2 noires.

1479. LEMAU DE LA JAISSE. Cinquième abrégé de la carte générale du militaire de France, sur terre et sur mer, depuis novembre 1737 jusqu'en décembre 1738. Divisé en trois parties, avec la suite du journal historique des fastes de Louis XV..... *A Paris, chez Gandouin*, 1739, 3 parties en 1 vol., pet. in-8, veau brun, dos fleurdelisé, tr. rouges (*Rel. anc.*).

Exemplaire au chiffre de Louis XV.

1480. MALIBRAN (H.). Guide à l'usage des artistes et des costumiers, contenant la description des uniformes de l'armée française de 1780 à 1848. *Paris, Combet et Cie*, 1904, in-8, demi-rel. bas. grenat, ébarbé (*Couvert.*).

1481. MALLET. Hussards français 1817. *Paris, Imp.-Lithogr. de Engelmann, s. d.* (1817), in-fol. en largeur.

Pièce lithographiée et coloriée, très rare, représentant trois hussards tenant une carabine de la main droite et un pistolet de la main gauche (*Catalogue de costumes militaires*, page 517).

1482. MARBOT (Alfred de). Costumes militaires français depuis 1746 jusqu'en 1815. *Paris, Clément, s. d.*, in-fol., en feuilles.

Réunion de 45 lithographies, en noir, à plusieurs personnages.
3 planches sont coloriées.
Ces planches proviennent du grand ouvrage de MM. A. de Marbot et D. de Noirmont.

1483. MARCO DE SAINT-HILAIRE (Émile). Histoire de la campagne de Russie pendant l'année 1812 et de la captivité des prisonniers français en Sibérie et dans les autres provinces de l'Empire, précédée d'un résumé de l'histoire de Russie. Dessins de R. de Moraine. *Paris, Eug. Penaud et Cie, s. d.*, 2 vol. in-8, dos et coins chagrin grenat, tr. marb.

Ouvrage orné de 39 planches (sur 40), dont 29 coloriées de costumes militaires des différentes nations d'Europe.
Il manque une planche coloriée.

1484. MARESCHAL (Le Chev). Collection de dessins lithographiés représentant les principales positions du canonnier dans les manœuvres de l'artillerie française. *Paris, Lithogr. de Engelmann, s. d.* (1824), in-fol., en feuilles.

Réunion de 8 lithographies coloriées, la plupart sans marges.
L'ouvrage complet comprend 18 pp. de texte et 37 planches.

1485. MARTINET (Chez). Maison du Roi, 1814. *A Paris, chez Martinet, s. d.*, in-fol. en largeur, en feuilles.

Nous possédons les 2 planches suivantes, gravées par *Godefroy* et coloriées : *MM. les mousquetaires noirs en grand et en petit uniforme.* — *MM. les gardes du roi en uniforme et en surtout.*
Cette belle série se compose de 4 planches.

1486. NAUDET (Caroline). Le Repos des Braves ou comme l'on fait son lit on se couche. — La Valeur rend honneur au courage. *A Paris, chez Genty*, 1818, 2 planches gravées et coloriées, in-fol. en largeur.

Épreuves à grandes marges.

1487. NAUDET (Caroline). Le Jour de sortie. — D'aujourd'hui en huit. *A Paris, chez Martinet*, 1824, 2 planches gravées et coloriées. — Canu. Raccommodement militaire ou suites de l'explication. *A Paris, chez Canu, s. d.*, 1 planche gravée et coloriée. — Halte-la, la garde Royale est là. Hommage aux braves. *A Paris, chez Charon, s. d.*, 1 planche gravée et coloriée. — Blind Man (The) of the Bridge of Arts. *London, Sams*, 1822, 1 planche gravée et coloriée. — Ens. 5 pièces in-4 en largeur.

Ces pièces représentent, sous forme de scènes de mœurs, des uniformes militaires de la Restauration.

1488. ORDONNANCE du roi, du 6 décembre 1829, sur l'exercice et les évolutions de la cavalerie. *A Paris, de l'Imp. Royale*, 1829, 2 vol. pet. in-fol., dont un d'atlas, demi-rel. chagrin vert.

L'atlas comprend 130 planches pour les évolutions et 8 planches de musique pour les sonneries, le tout lithographié.

1489. OUVRAGES MILITAIRES : 6 vol. in-8 et in-12, brochés et cartonnés.

Dally (Lt-Colonel). La France militaire illustrée, 350 gravures. *Pa-*

ris, *Larousse, s. d.* — DESCRIPTION de l'uniforme de l'infanterie de ligne, des bataillons d'infanterie légère d'Afrique, etc. *Paris, Dumaine*, 1868, 16 planches. — FRANZÖSISCHE ARMEE (Die) in ihrer gegenwärtigen Uniformierung. *Leipzig, Ruhl, s. d.*, texte et 18 chromolithographies à nombreux personnages. — HOUDETOT (Ad. d'). Types militaires français. *Paris, Tresse, s. d.*, 8 planches. — MENTION (Léon). L'Armée de l'ancien régime. *Paris, L.-H. May, s. d.*, nombreuses illustrations.— MORAINE (R. de). Album militaire, 25 lithographies coloriées. *Paris, Imp. Lemercier, s. d.*

1490. PAPIER A LETTRES avec emblèmes militaires (Restauration, Louis-Philippe et Second Empire). Réunion de 21 feuilles in-4.

En tête de chaque feuille se trouve un personnage colorié, à pied ou à cheval (infanterie et artillerie de marine, hussard, artilleur, dragon, tambour d'infanterie, etc.).

Curieuse réunion.

1491. PARQUIN (Le Capitaine). Souvenirs, 1803-1814. Dessins par F. de Myrbach, H. Dupray, Walker, L. Sergent, Marius Roy. Introduction par Frédéric Masson. *Paris, Boussod, Valadon et Cie, s. d.*, in-4, dos et coins chag. rouge, tête dor., non rogné.

1492. PASCAL (Adrien). Histoire de l'armée et de tous les régiments depuis les premiers temps de la monarchie française jusqu'à nos jours. *Paris, Dutertre*, 1860-1864, 5 vol. in-8, demi-rel. chagrin rouge, tr. jasp.

Édition illustrée de nombreuses planches coloriées de costumes, hors texte, par *Philippoteaux, E. Charpentier, H. Bellangé*, etc.

1493. PASSEZ AU LARGE, gravé par Coquerel, d'après Buguet, dans un cadre ancien doré.

En haut de la pièce : *Miroir Galant, n° 1*.

Cette pièce représente un garde national cachant une jeune fille dans sa guérite.

1494. PHILIPPOTEAUX. Scènes de la Guerre de Crimée, lith. par Geoffroy. *S. l. n. d.*, in-fol. en largeur.

2 lithographies en noir, tirées sur Chine.

On y a joint une planche double de plus grande dimension, coloriée. Ens. 3 pièces.

1495. PLAQUES DE SHAKOS de la Garde municipale de Paris, de la Gendarmerie départementale et des douanes. Réunion de 9 dessins originaux à l'encre de Chine.

Curieux dessins, approuvés par le ministre de la guerre, et la plupart signés.

On y joint un calque.

Ens. 10 pièces.

1496. PRUCHE. Scènes militaires. *A Paris, chez Dupin et Cie, s. d.* (1837), in-4, en feuilles.

Réunion de 6 lithographies, dont 3 en noir et 3 coloriées, dont voici le détail : *Tout ça dépend du point de vue.* — *Voilà, tu rêves des grandeurs.* — *Toute peine mérite salaire* (ces trois pièces sont coloriées). — *Les Tirailleurs surpris.* — *Savoyard de métier.* — *Que la nature est bizarde....*

1497. RAFFET. Illustrations de l'armée française, depuis 1789 jusqu'en 1832. *Paris, publié par V. Delarue,* 1837, in-fol.

Réunion de 7 lithographies en noir.

Sur les 19 planches composant cette série, nous possédons : *Les Alpes, Redoute du Petit Saint-Bernard,* 1794. — *Pays-Bas,* 1795. — *Portugal,* 1807. — *Autriche,* 1809. — *La Sierra Morena, Vedette après la victoire de Ciudal-Real,* 1809. — *Campagne de Saxe,* 1813. — *Campagne de France,* 1814 (cette pièce est coloriée).

4 planches sont tirées sur Chine.

On y joint les 3 planches doubles suivantes : *Portugal,* 1807. — *Autriche,* 1809. — *La Sierra Morena,* 1809.

(Giacomelli, *Raffet,* pp. 260-261).

Ens. 10 pièces.

1498. RAFFET. Garde royale. *A Paris, chez Frérot, lithog. de Villain, s. d.,* in-4 en feuilles.

Réunion de 13 lithographies noires et coloriées.

Nous possédons seulement les planches 1, 3, 4, 8, 11, 12, 13, 16, 18.

Les pl. 3, 4 sont en double et la pl. 12 est triple.

7 planches coloriées sont coupées au cadre et remontées.

1499. RAFFET. [Collection des costumes militaires de l'armée, de la marine et de la Garde nationale française, depuis août 1830... *Paris, Frérot, Levrault et Anselin,* 1833], in-4, en feuilles dans un carton.

Série de 29 (sur 32) lithographies coloriées ; les planches 6, 20 et 27 manquent.

On y joint 29 planches doubles ou triples en noir ou coloriées ; en voici la désignation : 9, 10, 11, 14, 16, 19 (doubles) ; 13, 17, 18, 24, 25, 29 (triples) et 26 (quadruple) ; et 10 passe-partout avec légendes lithographiées.

La plupart des planches sont montées et sans légende.

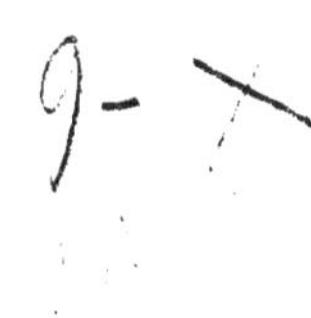

1500. RAFFET. Drapeaux français, Aigles, 10 mai 1852. *Paris, Gihaut frères, s. d.,* in-4, en feuilles.

Collection inachevée comprenant 4 lithographies coloriées (Giacomelli, *Raffet,* nos 168-171).

1501. RÈGLEMENT arrêté par le roi pour l'habillement et l'équipement de ses troupes, du 21 février 1779 et du 1er octobre 1786. *Paris, de l'Imp. royale,* 1779-1786, 2 parties en 1 vol. pet. in-fol., demi-rel. bas. marb. (*Rel. mod.*).

Le titre et les pages 1 et 2 du règlement de 1786 manquent.

On y joint un double broché du règlement du 21 février 1779, et les planches des « UNIFORMES de l'armée française en janvier 1848 », publiées par ordre du ministre de la guerre, in-4, cartonné.

1502. RICHARD (Jules). Le Salon militaire de 1888. Troisième année contenant 50 photogravures. *Paris, Alphonse Piaget,* 1888, gr. in-8, dos et coins chagrin rouge, tête dor., non rogné.

Un des 100 exemplaires (n° 16) imprimés sur PAPIER DE HOLLANDE.

1503. SACRE DE S. M. L'EMPEREUR NAPOLÉON. Réunion de 5 planches gravées par Guttenberg, Pigeot et Pauquet, d'après Isabey et Percier, gr. in-fol. en hauteur.

Pl. 23. *Colonel général des cuirassiers.* — Pl. 24. *Colonel général des dragons.* — Pl. 25. *Colonel général des hussards.* — Pl. 26. *Colonel général des chasseurs à cheval*; cette planche est en double, coloriée.

1504 SAINT-FAL. Infanterie et cavalerie françaises. *A Paris, chez Noel, s. d.,* in-4 en largeur.

Pièce gravée par *Alix*, et coloriée.

1505. SAUZEY (Capitaine). Iconographie du costume militaire de la Révolution et de l'Empire [Restauration et Louis-Philippe. — Deuxième République et Napoléon III] contenant de courtes notices historiques sur plus de 200 corps de troupe, et 8000 références à plus de 5000 planches d'uniformes coloriées, avec préfaces par Henri Bouchot et Margerand. *Paris, Ed. Dubois,* 1901-1903, 3 vol. in-8, demi-rel. chagrin citron, ébarbés (*Couvert.*).

1506. THOUMAS (Général). Autour du Drapeau, 1789-1889. Campagnes de l'armée française depuis cent ans. Deux cents illustrations par L. Sergent. *Paris, A. Levasseur et Cie, s. d.,* in-4, dos et coins chagrin rouge, tête dor., ébarbé (*Couvert.*).

1507. THOUMAS (Général). Les anciennes armées françaises. Exposition rétrospective militaire du ministère de la guerre, en 1889. *Paris, Boudet,* 1890, 2 vol. in-4, dos et coins mar. grenat, plats toile, fers spéciaux, tête dor., non rognés (*Rel. de l'éditeur*).

Nombreuses reproductions en héliogravure, hors texte et dans le texte

1508. TITEUX (Eugène). Histoire de la maison militaire du Roi, de 1814 à 1830. *Paris, Baudry et Cie,* 1889, in-4, en feuilles.

Collection de 83 (sur 84) planches ; la planche 78 manque.
La planche 50 est seule coloriée.

1509. TITEUX (Eugène). Saint-Cyr et l'École spéciale militaire en France. — Fontainebleau. — Saint-Germain. — Préface par le général Du Barail. Ouvrage illustré de 107 reproductions en couleurs, 264 gravures en noir et 26 plans d'après les aquarelles et dessins de l'auteur. *Paris, Firmin-Didot et Cie,* 1898, gr. in-4, dos et coins chag. rouge, tête dor., non rogné (*Couvert.*).

1510. TOUCHEMOLIN (Alfred). Le Régiment d'Alsace dans l'armée française. Illustré de 100 dessins par l'auteur, dont 6 planches coloriées à l'aquarelle. *Paris, A. Hennuyer*, 1897, pet. in-4, demi-rel. mar. rouge, ébarbé (*Couvert.*).

1511. TROPHÉES des armées françaises depuis 1792 jusqu'en 1815. *A Paris, chez Le Fuel, s. d.*, 6 vol. in-8, demi-rel. veau gris, dos orne, ébarbés (*Rel. de l'époque*).

Ouvrage orné de planches gravées sur acier.

1512. TROUPES FRANÇAISES. Premier Empire et Restauration. Réunion de 7 planches gravées et coloriées, in-8.

3 planches publiées chez *Martinet*. — 2 planches (Gendarmerie nationale) gravées par *Ph.-J. Maillart*. — 1 planche (Dragons et hussards), copie d'une pièce publiée chez *Genty*. — 1 planche (Le Comte d'Artois), publiée chez *Naudet*.

1513. VERNIER. Costumes de l'armée française. *A Paris, chez Aubert et Cie, s. d.*, in-fol. en feuilles dans un carton.

Suite de 64 (sur 66) lithographies représentant chacune six à sept soldats de la même arme et de différentes époques.

Les planches 29 et 46 manquent ; 6 sont coloriées et 5 le sont en partie.

On y joint 2 planches doubles en noir : nos 20 et 54.

1514. VICTOIRES, CONQUÊTES, désastres, revers et guerres civiles des français, de 1789 à 1815, d'après l'édition de C.-L.-F. Panckoucke, publiées par Ernest Panckoucke et Lecointe. *Paris, Imp. de Panckouke*, 1834-1836, 13 vol. in-8 brochés et 105 lithographies d'après Grenier, gr. in-fol. en feuilles, dans un carton.

Tomes 1 à 13 seuls du texte. Sur les 105 lithographies que nous possédons, 12 planches sont en double ; quelques-unes sont courtes de marges.

1515. VIEILLE GARDE IMPÉRIALE (La) (par Maurice Barrès, François Coppée, Henry Houssaye, Henri d'Alméras, Henri Guerlin, Jules Mazé, Jean de Mitty). Illustrations de Job. *Tours, Alfred Mame et fils, s. d.* (1902), in-4, fig. en noir et en couleurs, cartonn. toile verte, fers spéciaux, tr. jasp. (*Rel. des éditeurs*).

Envoi autographe de l'auteur sur le feuillet de garde.

1516. WACHSMUTH (F.) et HUSSENOT (J.). Études et croquis de types et costumes militaires. — France et Algérie. *Paris, imp. Thierry, s. d.* (1857-1859), in-fol. en feuilles.

Collection de 10 lithographies en noir, tirées sur Chine.

1517. YOUNG. Album de vingt batailles de la Révolution et de l'Empire, d'après les aquarelles de M. Young. *Paris, Henri Plon, s. d.*, in-4 oblong, cartonn. toile, fers spéciaux (*Cartonn. des éditeurs*).

Titre et 5 pp. de texte imprimés, et 20 planches gravées en taille-douce par *Lalaisse, Rouargue, Duron* et coloriées.

1518. ZIX (B.). Réunion de 16 planches gravées à l'eau-forte, de divers formats.

Soldats français en tirailleurs. — Le Cavalier et son cheval mort. — La prise de tabac. — Le délassement. — La Halte. — Bivouac d'infanterie légère. — Bivouac de hussards, etc.
4 planches sont en double.

C. — ALLEMAGNE

1519. ARMÉE ALLEMANDE. Réunion de 15 planches gravées ou lithographiées et coloriées, de différents formats.

Saxons, bavarois, badois, hessois, etc., pièces publiées pour la plupart en Allemagne, et une chez Genty ; on y remarque 3 calques d'après le recueil de Weiland et une copie à l'aquarelle.

1520. ARMÉE ALLEMANDE. Réunion de 20 volumes et plaquettes in-8, cartonnés et brochés.

Das deutsche Heer. *S. l. n. d.*, 4 plaquettes contenant ensemble 30 chromolithographies à nombreux personnages. — Staats- und Civil Uniformen des deutschen Reiches. *Leipzig, Ruhl, s. d.*, 16 chromolithographies de schéma. — Deutsche Marine (Die) und die deutsche Schutztruppe für Ost-Africa in ihrer neuesten Uniformirung. *Leipzig, Ruhl, s. d.*, texte et 20 chromolithographies d'uniformes et de schema. — Uniformes de l'armée allemande à l'exposition universelle de 1900. *Berlin*, 1900. Nombreuses phototypies. — Uniformen (Die) und Fahnen der deutschen Armee. *Leipzig, Ruhl*, texte et 27 chromolithographies. — Armée allemande en 1884, 1885, 1888, 1902 et 1904, 8 vol. contenant chacun un texte et des chromolithographies d'uniformes et de schéma..., etc., etc.

1521. ARMÉE ALLEMANDE (L') SOUS L'EMPEREUR GUILLAUME II. Description authentique de l'habillement et de l'équipement de l'armée. Illustrée de 620 gravures sur bois et accompagnée de 45 aquarelles en chromolithographie. Ouvrage traduit et annoté par P. de Balaschoff et A. Herbillon. *Paris, Haar et Steinert*, 1890, in-fol. oblong, mar. La Vall., armoiries sur le premier plat, dent. int., tr. dor., étui (*Bouleu*).

Armes de Serbie peintes sur le premier plat de la reliure.
Exemplaire offert à S. M. Alexandre Ier, roi de Serbie.

1522. GENTY (Chez). Costumes militaires. Infanterie allemande (et autrichienne), 1815. *A Paris, chez Genty, s. d.*, in-4, en feuilles.

Réunion de 34 planches gravées et coloriées, formant la troisième suite publiée chez Genty.
Nous possédons seulement les pl. 1 à 12, 14, 15, 16, 18, 24, 29, 33, 43, 47 et 48. 5 d'entre elles sont doubles, 2 sont triples : noires et coloriées, avant la lettre ou avec légères différences.
Quelques-unes sont coupées au cadre.

1523. HISTORIQUES ET MANUELS. Churbaierische Infanterie : Instruction und Dienst-Reglements. *München, gedruckt mit churfürstl. akademischen Schriften*, 1774, 5 vol. pet. in-8, veau brun. — Rang und Quartier-Liste der königlich preussischen Armee für das Jahr 1836. *Berlin, bei E. G. Mittler*, 1836, in-8, cachet de la bibliothèque de Louis-Philippe sur le titre, cartonné. — Ens. 6 vol.

On y joint : 5 vol. ou brochures d'historique de régiments en texte allemand, publiés à Berlin de 1874 à 1892 : Historique du 8e régiment de cuirassiers rhenans ; du 2e dragons de Brandebourg ; de la compagnie des gardes du château royal de Berlin ; du 4e fusilier de Poméranie et du régiment de cuirassiers prussiens Frédéric-Eugène de Wurtemberg.

1524. KNÖTEL (R.). Die eiserne Zeit vor hundert Jahren 1806-1813. *Leipzig-Kattowitz, Carl Siwinna, s. d.*, nombreuses illustrations hors texte. — VOGT (Hermann). Das Buch vom deutschen Heere, mit 144 Illustrationen von R. Knötel. *Bielefeld und Leipzig, Velhagen und Klasing*, 1886. — Ens. 2 vol. in-4 oblong et in-8 (*Carton. des éditeurs*).

1525. KNÖTEL (R.). Die deutsche Armee. *Berlin, Verlag Aug. Thumecke Nachf, s. d.*, in-8, cartonné.

17 chromolithographies collées sur toile et se dépliant, dont 13 d'uniformes et 4 de schéma, avec texte imprimé au verso de chaque planche.

1526. ARTARIA (Chez). Tableau des Troupes bavaroises. *A Vienne, chez Artaria et Comp., s. d.*, in-fol. en largeur.

Pièce gravée à l'eau-forte et coloriée.
Légende en allemand et en français.

1527. MONTEN. Darstellung der Landwehr des Königreichs Bayern. *In München und Würzburg, H.-A. Eckert und Ch. Weiss., s. d.* (*vers* 1835), in-4, en feuilles dans la couverture de livraison.

Suite de 13 (sur 16) lithographies coloriées à plusieurs personnages.

1528. MÜLLER (Karl) et BRAUN (Louis). Die Bekleidung, Ausrüstung und Bewaffnung der königlich bayerischen Armee von 1806 bis, zur Neuzeit. *München, A. Œhrlein's Verlag*, 1899, 1 vol. in-4 de texte, en fascicules et 1 album in-fol. oblong dans le cartonnage de publication.

L'album contient 70 chromolithographies de costumes et détails d'uniformes.

1529. MÜLLER (F.-H.) et VÖLLINGER (J.). Grossherzoglich hessisches Militair. Nach der Natur aufgenommen von F.-H. Müller und auf Stein gezeichnet von J. Völlinger. *Carlsruhe, Velten. s. d.* (1824?), in-fol., monté sur onglets, dos et coins mar. bleu.

Belle suite, complète, de 30 lithographies coloriées de costumes militaires du duché de Hesse-Darmstadt, avec titre, dédicace et table.

1530. SACHSE. Grossherzoglich Mecklenburg- Schwerinsche und Mecklenburg-Strelitzsche Truppen. *Berlin, Lithogr. Inst V. L. Sachse,* 1831, in-4, monté sur onglets, demi-rel. chagrin bleu.

Suite complète d'une couverture, servant de titre, et de 24 lithographies coloriées, numérotées 1 à 24.

1531. HAUTHAL (Dr Ferd.). Geschichte der sächsischen Armee in Wort und Bild. Zweite Auflage. *Leipzig, J. G. Bach,* 1859, pet. in-fol., dans le cartonnage de publication.

Cet ouvrage, divisé en 6 parties, donne les costumes militaires de Saxe en 1730, 1764, 1802, 1812, 1832 et 1859.

Les titres particuliers manquent, sauf pour 1730.

Le volume est composé d'un texte de 172 pages, d'un portrait du roi de Saxe, lithographié en noir, d'une planche de schéma et de 60 lithographies coloriées à plusieurs personnages.

1532. SAUERWEID [Uniformes de l'armée royale de Westphalie]. *S. l. n. d.* (1810), in-4, en feuilles.

Réunion de 9 planches gravées à la manière du lavis représentant chacune un personnage à pied. La collection, qui est très rare, renferme 19 planches.

Deux sont en épreuves AVANT la lettre, la première est coloriée.

Belles épreuves à toutes marges.

1533. [UNIFORMES de l'armée wurtembergeoise, de 1638 à 1851.] *S. l. n. d.,* in-8 oblong, monté sur onglets, chag. rouge, fil., fleurons aux angles, titre doré sur le premier plat, dent. int., tr. dor.

36 lithographies coloriées représentant 244 types d'uniformes.

D. — PRUSSE

1534. ARMÉE PRUSSIENNE. Schéma des régiments de cuirassiers, de dragons, de hussards, etc. *Berlin, Verlag Storch und Kramer, s. d.,* in-4, en feuilles, dans un carton.

9 chromolithographies, dont 4 doubles.

1535. BÜRGER (L.) Das preussische Heer. *Druck v. W. Korn in Berlin,* 1859, in-fol., en feuilles.

Réunion de 6 lithographies coloriées, représentant chacune un personnage à pied.

1536. CHAZAL JEUNE. Musique prussienne. *S. l. n. d.* (1815), in-4, en largeur.

Pièce gravée et coloriée.

1537. GENTY (Chez). Costumes militaires. Infanterie prussienne, 1815. *A Paris, chez Genty, s. d.*, in-4, en feuilles.

Réunion de 28 planches gravées et coloriées, formant la seconde suite publiée chez Genty. Le frontispice et les planches 1, 17 (Infanterie. Régiment), 23, 24, 28, 30, 33 et 34 manquent. La planche 22 est avant la lettre.

On y joint les 4 planches doubles suivantes ; avant et avec la lettre ou avec variantes : 7, 10, 20 et 27.

Nous possédons en plus une planche non décrite au Catalogue de costumes militaires : *Garde royale. Chasseur* (2 personnages, dont l'un est vu de dos).

Ens. 32 planches à toutes marges.

1538. HILTL (Georg) et SCHINDLER (C.-F.). Preussens Heer. *Berlin, H.-J. Meidinger, s. d.* (1880), gr. in-fol., en feuilles, dans le cartonn. original de l'éditeur, fers spéciaux.

Texte avec figures sur bois et 50 chromolithographies hors texte, de costumes militaires prussiens.

1539. HORVATH (Chez). Uniformes de l'armée prussienne sous le règne de Frédéric-Guillaume II, roi de Prusse, 1788, pet. in-8, monté sur onglets, demi-rel. veau fauve.

159 planches gravées et coloriées de costumes militaires prussiens. Les planches 4, 6 et 17, la table et le titre ont été refaits à la main. Les légendes sont gravées.

1540. HORVATH (Chez). Uniformes de l'armée prussienne sous le règne de Frédéric-Guillaume III, roi de Prusse. *A Postdam, chez Charles Chrétien Horvath*, 1799, in-8, monté sur onglets, dos et coins chagrin rouge.

Cet exemplaire contient 2 titres de livraisons à la date de 1799 pour le premier titre et de 1800 pour le second, une table imprimée, 183 planches gravées par *Schmidt*, coloriées et rehaussées d'or et d'argent.

Le *Supplément*, contenant les uniformes de campagne, est précédé d'un titre à la date de 1791 ; il ne renferme que 12 planches (sur 14 indiquées à la table).

Les tables mentionnent en tout 179 planches, dont 165 pour l'ouvrage lui-même et 14 pour le supplément. Toutes ont des légendes manuscrites.

12 planches sont modernes et ont été refaites à l'aquarelle. Petites taches.

1541. KNÖTEL (Richard) und KÖPPEN (Teodor V.). Preussens Heer in Bild und Work. Von der Gründung des Brandenburgischen Heeres bis zum Aufbau der Kriegsmacht des deutschen Reiches, 1619-1889. *Glogau, Flemming, s. d.*, nombreuses chromolithographies hors texte et dans le texte. — SCHOLL (Eduard). Bekleidung und Ausrüstung der preussischen Feuerwehren. *Leipzig, Ruhl*, 1901, texte et 17 chromolithographies de schema. — Ens. 2 vol. in-4 et in-8, dans le cartonnage des éditeurs.

1542. LIEDER (Friedrich) et JÜGEL. Darstellung der königl. preussischen Infanterie in 36 Figuren, woraus die Uniformirung eines jeden Armée-Corps, die Abzeichen einer jeden Charge, und die im Exercier-Reglement für die Infanterie vorgeschriebene Stellung des Mannes, der Marsch, die Haltung und Griffe mit dem Gewehr, etc., zu entnehmen sind... *Berlin, bei L.-W. Wittich*, 1820, gr. in-fol., en feuilles, dans le cartonnage de publication.

Titre, table et 14 belles planches dessinées par *Lieder*, gravées à la manière du lavis par *F. Jügel*.

1543. SACHSE (Chez). Das Preussische Heer unter Friedrich Wilhelm IV..... gewidmet von L. Sachse et Cie. *Berlin, L. Sachse und Co.*, 1845. — SUPPLÉMENT zu : Das preussische Heer unter Friedrich Wilhelm IV Die Königl. Preussische Landwehr-Cavallerie. *Berlin, L. Sachse et Co.*, 1854, gr. in-4, dos et coins chagrin bleu.

La première série comprend une couverture, servant de titre, et 36 lithographies coloriées. — Le *Supplément* contient 9 planches également coloriées ; elles sont en feuilles et inégales de marges.

En tout 45 planches.

Les exemplaires du *Supplément* des collections Millot et Balsan ne comprenaient que 6 planches.

1544. TROUPES PRUSSIENNES. Réunion de 7 planches diverses, dont 3 gravées et coloriées, 1 en noir, 1 lithographie et 2 aquarelles, de divers formats.

Frédéric Guillaume III, roi de Prusse. — Blücher. — Soldats musiciens. — Chasseur volontaire du rég. Alexandre. — Grenadier de la Garde royale, etc.

1545. UNIFORMES PRUSSIENS du règne de Frédéric-Guillaume II. Réunion de 9 aquarelles pet. in-4.

Ces aquarelles ont été exécutées à l'époque, et représentent chacune un ou deux personnages à pied.

1546. UNIFORMES PRUSSIENS du XVIIIe siècle et du debut du XIXe. Réunion de 9 aquarelles de divers formats.

Parmi ces aquarelles, 5 ont été exécutées au XVIIIe siècle et représentent différents types de soldats prussiens, les 4 autres sont modernes. Deux sont signées, l'une : *Carrey* (officier de Bercheny), l'autre *Giersberg* (Officier-Säbeltasche...) ; une troisième représente un camp.

E. — AUTRICHE

1547. ARMÉE AUTRICHIENNE. 4 vol. et plaquettes de divers formats, cartonnés et brochés.

K. K. OESTERREICHISCH- ungarische Armee. Bildlich dargestellt nach den neuesten Adjustirungs-Vorschriften. *Wien, Seidel und Sohn, s. d.*,

24 chromolithographies à plusieurs personnages. — RIGHETTI (Camillo). Adjustierungsblätter des k. k. u. oesterr.-ungar. Heeres, der Kriegsmarine und der beiden Landwehren. *Leipzig, Ruhl, s. d.*, 29 chromolithographies représentant chacune un personnage à pied. — SCHEMATISMUS der kais. königl. Armee für das Jahr 1808. *Wien, bey Cath. Graeffer*, 1808. — UNIFORMEN Distinctions-und sonstige Abzeichen der gesammten k. k. österr.-ungar. Wehrmacht sowie Orden und Ehrenzeichen Oesterreich-Ungarns. *Troppau*, 1887, 61 pp. de texte et 25 chromolithographies de schéma et décorations.

1548. CAMPE (Chez). Mariage solennel de S. M. I. François Ier, empereur d'Autriche, et de S. A. R. Caroline, princesse de Bavière, dans l'église « Augustiner Hofkirche » à Vienne, le 10 novembre 1816. *Nurnberg, bei F. Campe, s. d.*, in-4, en largeur.

Pièce gravée et coloriée, rehaussée d'or. Légende en allemand. Épreuve à toutes marges.

1549. GRÄFFER. Genaue Darstellung saemmtlicher Branchen der kaiserl. kœnigl. Armée. *Wien, bey Graeffer dem Jüngern*, 1792, in-8, en feuilles.

Titre en français, frontispice gravé avec titre ci-dessus, 134 planches (sur 138) et 6 ff. imprimés pour les titres des diverses parties. Les pl. 1, 108, 131 et 132 manquent.

F. — BELGIQUE ET HOLLANDE

1550. L. O. (Louis d'Orléans). La Garnison hollandaise défilant après la reddition de la Citadelle d'Anvers, le 2 décembre 1832. *(Paris), C. Motte, s. d.*, in-fol. en largeur.

Pièce lithographiée par *L. David*, et coloriée.

1551. MONNIER (D.). Uniformes de l'armée belge. *A Paris, chez les principaux marchands d'estampes, s. d.*, in-8, broché (*Couvert.*).

Série de 8 lithographies en noir, représentant chacune 2 sujets. 3 sujets sont en partie coloriés.

1552. PAPENDRECHT (J. Hoynck van). De Uniformen van de Nederlandsche Zee- en Landmacht hier te Lande en in de Kolonien nien naar aquarellen of teekeningen van J. Hoynck van Papendrecht, W. C. Staring, en J. P. de Veer. Met tekst van F. J. G. Ten Raa. *Te'S Gravenhage, Militaire Boekhandel van de Gebroeders van Cleef*, 1900, 1 vol. de texte et 2 vol. de planches. — Ens. 3 vol. gr. in-fol., cartonn. toile, fers spéciaux (*Cartonn. des éditeurs*).

Les deux volumes de planches contiennent 80 chromolithographies, montées sur bristol fort contenant les légendes imprimées.

1553. PAYEN (Camille). Costumes de l'armée belge dessinés d'après nature. *Bruxelles et Leipzig, Mayer et Flatau, s. d.* (vers 1873), in-fol. oblong, monté sur onglets, demi-rel. bas. verte.

Première série comprenant 1 titre et 6 lithographies coloriées (sur 8); il manque les planches 2 et 7.

G. — GRANDE BRETAGNE

1554. ARMÉE ANGLAISE : Réunion de 7 albums in-4 et in-8, cartonnés.

Englische Armee (Die) in ihrer gegenwärtigen Uniformirung. *Leipzig, Ruhl, s. d.*, texte et 17 chromolithographies d'uniformes et de schema. — Horse Soldiers (Our). *London, s. d.*, texte et 6 chromolithographies. — Seccombe (Major). Army and navy drolleries. *London, F. Warne and Co, s. d.*, 24 chromolithographies de caricatures militaires. — Simkin (R.). The Royal military tournament. *London, F. Warne, s. d.*, 14 chromolithographies. — Simkin. Our armies. *London, Sampson Low, s. d.*, nombreuses chromolithographies. — Simkin (R.). Where glory calls. The Soldiers scrap book. *London, Allen, s. d.*, nombreuses chromolithographies. — Sinnett (chez). L'armée anglaise. *Paris, Sinnett, s. d.*, 25 chromolithographies se dépliant.

1555. ARMÉE ANGLAISE. Réunion de 11 planches diverses gravées ou lithographiées, dont 6 coloriées et 5 en noir, de différents formats.

1556. ARMÉE ANGLAISE : Réunion de 15 chromolithographies de divers formats.

Pièces d'après *John Charlton, L. Vallet, Ed. Detaille, F. Dodd, A. de Neuville*, etc.

1557. CHICHESTER (Henry Manners) and BURGES-SHORT (George). The Records and badges of every regiment and corps in the british army. *London, Wm. Clowes & Sons*, 1895, in-8, cartonn. toile bleue et rouge, fers spéciaux, tête dor. (*Cartonn. des éditeurs*).

Orné de 24 planches coloriées hors texte et de plus de 200 figures dans le texte.

1558. PERCY GROVES (Captain J.). Ready aye Ready. Annals of military heroes, illustrated by Harry Payne and Arthur Payne. *London and Paris, Raphaël Tuck et Sons, s. d.*, in-4, cartonn. toile, fers spéciaux, tr. dor. (*Cartonn. des éditeurs*).

Nombreuses illustrations en couleurs.

1559. LALONDE (Chez). [The british Army]. *Paris, G. Lalonde, s. d.* (1854-1856), in-12, en feuilles.

Série de 24 lithographies coloriées, représentant chacune un ou deux personnages à pied ; elles ont été découpées de 2 grandes feuilles à 12 sujets par feuille.

On y a joint : 12 lithographies coloriées du même genre publiées à Londres chez Gambart représentant divers types de la marine anglaise.

Ens. 36 planches.

1560. MAC NAIR (Robert French). The Colours of the Grenadier Guards. *London*, 1869, in-4, cartonné.

Texte et 21 chromolithographies de drapeaux et étendards.

1561. NEWHOUSE (C.-B.). Military incidents. *S. l. n. d.* (vers 1840), in-fol., oblong, monté sur onglets, demi-rel. chag. rouge, plats toile, titre doré sur le premier plat.

Série complète de 6 planches gravées par *R.-G. Reeve*, d'après *Newhouse* et coloriées, représentant des scènes militaires donnant les principaux uniformes de l'armée anglaise.

1562. PACKE (Edmund), An historical record of the royal regiment of horse guards, or Oxford Blues : its services, and the transactions in which it has been engaged, from its first establishment to the present time. *London, printed and sold by William Clowes*, 1834, in-8, cartonn. toile bleue, non rogné.

Portrait d'Aubrey de Vere, comte d'Oxford, tiré sur Chine, titre gravé avec sujet colorié, 6 planches lithographiées coloriées de costumes militaires et 1 lithographie en noir, tirée sur Chine, représentant l'étendard du 4e régiment des gardes.

1563. PERCY GROVES (Captain J.). On and off Duty, by captain J. Percy Groves; illustrated by Harry Payne and Arthur Payne. *London, Paris and New-York, Raphaël Tuck & Sons*, s. d., in-4, cartonn. toile rouge, fers spéciaux, tr. dor. (*Rel. des éditeurs*).

Nombreuses chromolithographies dans le texte.

1564. PERCY GROVES (Lieut. Col.). Illustrated histories of the scottish regiments. *Edinburgh and London, W. and A. K. Johnston*, 1893, 3 vol. in-4, cartonnés.

History of the 42nd Royal Highlanders « The Black Watch »... 1729-1893. — History of the 2nd Dragons. The Royal Scots Greys, 1678-1893. — History of the 79th Queen's own Cameron highlanders, 1794-1893. Chaque volume est orné de chromolithographies par *Harry Payne*.

1565. RICHARDS (Walter). Her Majesty's army. A descriptive account of the various regiments now comprising the Queen's forces, from their first establishment to the present time. 2 vol. — Her Majesty's army. Indian and colonial forces. A descriptive account of the various regiments now comprising the Queen's forces in India and the colonies. *London, J.-S. Virtue & Co.*, s. d. — Ens. 3 vol. in-4, cartonn. toile rouge, fers spéciaux, tr. dor. (*Cartonn. des éditeurs*).

Nombreuses chromolithographies hors texte.

1566. ROWLANDSON (d'après). *Englische fliegende Infanterie* [*im Jahre 1795*], in-fol. en largeur.

Pièce gravée et coloriée, à toutes marges.

H. — ITALIE

1567. ARMÉE ROYALE ITALIENNE vers 1810. *S. l. n. d.*, in-4, en feuilles.

Série de 12 planches gravées et coloriées.
1 répétée 5 fois représente divers régiments d'infanterie de ligne. — 1 autre, à deux personnages, est répétée trois fois et représente un grenadier, sur l'une des planches les emblèmes de l'Empire remplacent celui de Savoie.

1568. HOFFMANN (d'après). Granatiere, in-fol. en hauteur.

Pièce gravée et coloriée, représentant un grenadier sarde de la fin du XVIIIe siècle (contrefaçon d'une planche de la série française de Hoffmann).
On y joint : 6 planches in-8 gravées en noir, représentant chacune un soldat de l'armée italienne au début du XIXe siècle ; elles sont anonymes et sans titre.

1569. ZEZON (Antonio). Tipi militari dei differenti corpi che compongono il real esercito e l'armata di mare di S. M. il Re del regno delle Due Sicilie. *Napoli*, 1850-1854, in-4, cartonnage toile rouge, titre dor. sur les plats.

Cet exemplaire ne contient que 67 lithographies coloriées (sur 80) avec texte.
Le faux-titre, le titre et 1 frontispice manquent.
Cassures à plusieurs planches.

I. — RUSSIE ET POLOGNE

1570. ADAM (Georg). [Kaiserliche russische Armée. Im Jahr 1814, in Nürnberg nach dem Leben gezeichnet und radirt von Georg Adam. *Augsburg, im Verlag bei Herzberg.*] In-4 oblong en feuilles.

Suite de 6 planches gravées en taille-douce et coloriées à plusieurs personnages, représentant sous forme de tableaux des costumes militaires russes. Sans titre.

1571. ADAM (V.). [Armée russe, cavalerie.] (*A Moscou, chez G. Daziaro, s. d.* (vers 1860), 36 planches pet. in-4 en feuilles.

Collection de 36 lithographies coloriées (cosaques, calmouckes, lanciers, etc.) avec légendes en russe et en français.
8 de ces planches sont tirées en noir.
Les planches *Général de cavalerie* et *Porte étendard du régiment de Grodno de la garde* se trouvent ici en 2 états : noires et coloriées.
On y joint une planche à deux personnages dessinée par *F. Bastin*, représentant des cavaliers.

1572. ARMÉE POLONAISE. Réunion de 8 lithographies, dont 2 coloriées, in-4.

4 lithographies relatives au prince Poniatowski publiées chez Bès et Dubreuil. — Infanterie polonaise marchant à l'ennemi, par *Raffet*. — Avant-postes polonais, par *Loeillot*.

1573. ARMÉE RUSSE. Réunion de 5 plaquettes in-8 et in-12.

Armée française et russe. *Paris Taride, s. d.*, 17 chromolithographies, d'après Dumaresq. — Farbentafeln über die Uniformirung der russischen Armee. *Leipzig, Ruhl*, 1888, 8 chromolithographies. — Russische Armee (Die). Abbildungen ihrer gegenwärtigen Uniformirung. *Leipzig, Ruhl, s. d.*, 20 chromolithographies. — Uniformes (Les) de l'armée russe. — *Paris, Peelman et Cie*, 1888. 8 chromolithographies de schema. — Russische Armee (Die) im Felde. *Wien*, 1888, texte et 18 chromolithographies.

1574. ARMÉE RUSSE. Réunion de 5 planches gravées à l'eau-forte et coloriées, in-4, en feuilles.

Belles pièces, à toutes marges, représentant, sous forme de petits tableaux, les uniformes militaires russes vers 1825. Généraux russes. Hussards. Cosaque du Don. Baskir. Kalmouck. — Cosaque volontaire. Légendes en allemand.

1575. ARMÉE RUSSE. Réunion de 11 lithographies, dont 6 coloriées, de divers formats.

4 pièces par *Finart*, 1 pièce par *H. Lecomte*, 1 pièce par *Lehnert*, etc., etc., publiées par Delpech, Lasteyrie, Gihaut et autres.

1576. ARMÉE RUSSE. Réunion de 14 planches, dont 12 gravées, coloriées et 2 lithographiées en noir, de différents formats.

Grenadiers russes, 2 pièces publiées à Paris chez La Courière. — Dragon de la garde, 1 pièce publiée par *Martinet*. — Infanterie et cavalerie, 2 pièces signées (Georg Adam?) avec vues de Nuremberg dans le fond. — Uniformes de la Garde, 1 pièce par *Volz*. — 2 lithographies par *Orlowsky*, publiées à Saint-Pétersbourg en 1819, etc., etc.

La plupart de ces pièces représentent des scènes militaires.

1577. ARMÉE RUSSE. Réunion de 3 plaquettes et de 14 chromolithographies ou lithographies coloriées, de divers formats.

Cavalerie de la Garde Impériale russe. *Saint-Pétersbourg*, 1889, 2 plaquettes in-fol., contenant 12 chromolithographies. — Manœuvres de l'armée russe en 1890. *Saint-Pétersbourg*, 1890, 22 planches tirées en différents tons. — Uniformes militaires russes au début du XIXe siècle, drapeau des cosaques de l'Oural, trompette de l'escadron des cosaques de l'Oural, portrait du général Diebitsch, etc., etc.

1578. ARMÉE RUSSE EN 1831. *S. l. n. d.*, in-fol. monté sur onglets, dos et coins chagrin vert, plats toile.

Recueil de 47 belles lithographies coloriées, montées sur bristol bleu, à un ou plusieurs personnages à pied ou à cheval. Elles sont non signées et sans légendes imprimées. Plusieurs planches servent à divers régiments et les cinq dernières donnent des détails d'uniformes.

1579. ARMÉE RUSSE vers 1860. Réunion de 9 planches gravées sur bois, in-4, en feuilles.

Epreuves tirées sur papier de Chine, montées sur papier fort. Une des planches est signée *Léop. Flameng.*

1580. CAMPAGNES DES RUSSES CONTRE LES TURCS. Réunion de 5 planches gravées ou lithographiées, dont 3 coloriées et 2 en noir, in-4 et in-fol.

Trait de courage, pièce gravée par *Jazel*, d'après *H. Lecomte.* — *Ubergang der Russen über den Balkan, den 20ten July 1829*, pièce coloriée, dessinée et gravée par *Wunder*, publiée à Nuremberg, par Campe. — *Türkische Treue*, pièce gravée et coloriée, etc.

1581. CHARLEMAGNE (A.). Album militaire russe. *Publié par Daziaro à Moscou et à St.-Pétersbourg, par Schmid, s. d.*, in-fol., en feuilles.

Belle suite de 12 scènes lithographiées, numérotées 1 à 12, représentant les uniformes des divers régiments de la garde russe.
Les légendes sont en français et en russe.

1582. [CHASSEURS A CHEVAL et Dragons de la Garde russe.] *Lithogr. du Musée de la Direction générale de l'Intendance, s. d.*, in-4, monté sur onglets, demi-rel. chag. vert.

Suite de 16 lithographies coloriées, numérotées 1 à 16, avec légendes en russe : elles représentent les uniformes des régiments de chasseurs à cheval et des Dragons de la Garde, de 1814 à 1870.

1583. COSAQUES. Réunion de 7 planches gravées, dont 3 coloriées in-fol. et in-4, en feuilles.

Bachkir et Kosack du Volga, Kalmuck et Kosack d'Ouralck, et 2 épreuves avant toute lettre, par *Al. Sauerweid.* — Cosaken und Baschkiren in der Gegend von Dresden im Herbst 1813, par *Morasch.* — 1 pièce avant la lettre représentant un passage de rivière. — 1 lithographie représentant un combat dans un village.

1584. COSAQUES. Réunion de 12 planches gravées et coloriées du début du XIXe siècle, in-4 et in-8, en feuilles.

Ein Baskir. — Ein Tartar. — Cosaque de la Garde impériale russe. — Tartare de Crimée. — Cosaque de Sibérie. — Cosaque de Crimée, etc., etc.

1585. DESCRIPTION HISTORIQUE de l'habillement et de l'armement des troupes russes..... *Saint-Pétersbourg, Typographie militaire*, 1842-1862, in-fol. en feuilles.

Réunion de 27 lithographies donnant les uniformes russes de 1797 à 1843.
17 planches sont coloriées, les autres sont en noir ; une est tirée sur Chine.

1586. FINART [Armée russe]. Réunion de 10 planches gravées par Blanchard et Couché fils, coloriées, in-8.

Cosaques, chasseur de la garde, tartares, calmoucks, etc.

Toutes ces planches sont coupées au cadre et montées sur papier fort ; les légendes sont manuscrites.

1587. GARDES A CHEVAL de l'armée russe, de 1731 à 1848, in-4, en feuilles.

Suite de 19 (sur 22) lithographies en noir.

Les planches 5, 7 et 18 manquent.

1588. GEBENS. Armée russe, 1854-1862. *Saint-Pétersbourg, au bureau de la Chronique militaire,* gr. in-fol. en feuilles.

Réunion de 48 grandes lithographies en noir, dont deux doubles.

La collection complète comprend 58 planches.

Chaque planche représente six ou huit personnages, qui sont des portraits.

Quelques planches sont remontées et ont des cassures.

1589. GEBENS. Armée russe. 1854-1862. *Saint-Pétersbourg, au bureau de la Chronique militaire,* gr. in-fol., en feuilles.

Collection de 54 grandes lithographies (sur 58) dont 3 coloriées et 51 en noir.

Les planches suivantes manquent : *Chevaliers-garde. — Régiment de l'empereur d'Autriche. — Régiment de Frédéric Guillaume III. — Etat-Major de l'artillerie.*

2 planches sont remontées.

1590. GENTY (Chez). Costumes militaires. Infanterie russe (1815). *A Paris, chez Gentil, s. d.,* in-4 en feuilles.

Première suite comprenant un frontispice et 13 planches gravées et coloriées (sur 22).

Les planches 10 à 16 et 19 et 20 manquent.

La planche 21 est refaite à l'aquarelle et la planche 22 est coupée au cadre et remontée.

La planche 1 porte comme légende : Alexandre Ier, empereur et czar de toutes les Russies au lieu de *Empereur autocrate de toutes les Russies,* indiqué au *Catalogue*.

1591. PIRATZKY et GOUBAREV. Armée russe, de 1855 à 1867, in-fol. en feuilles.

Réunion de 60 belles lithographies, dont 34 coloriées, à nombreux personnages représentant les différents régiments de chaque brigade ou de chaque division.

On y a joint 9 planches doubles en noir.

Ens. 69 lithographies.

1592. SCHADOW (D'après). Réunion de 11 dessins à la mine de

plomb, signés A. Beh, de costumes militaires russes au début du xixe siècle, in-8.

Officier d'artillerie, Kalmuck, Cosaque du Don, etc.
2 pièces sont coloriées ; l'une d'elles contient 4 petits sujets découpés et collés sur la même feuille.

1593. UNIFORMES MILITAIRES POLONAIS, de l'époque du premier Empire. 3 planches gravées à la manière du lavis, dont une coloriée et 2 en noir, in-4.

Adiutant generatu. Sierzant Gwardyi Narodowey. Weteran.

1594. VERNET (Pierre). Galerie militaire ou collection complète des uniformes de la Garde impériale russe. *Moscou.* (1840-1842), in-fol., en feuilles.

Réunion de 26 lithographies, dont 16 coloriées et 10 en noir par *Aubry* et *Steinbach*, entourées d'un encadrement tiré en bistre.
Marges inégales.

1595. VERNET (Pierre). Galerie militaire ou collection complète des uniformes de la Garde impériale russe. *Moscou et St. Pétersbourg, publié par Daziaro, s. d.* (1840-1842). 29 planches in-fol., en feuilles.

Réunion de 19 lithographies (sur 56) coloriées auxquelles on a ajouté 10 planches doubles ; toutes sont sans encadrement.

1596. WIBEL (E.). Cosaque de la ligne de Caucase. Régiment des montagnes de Caucase. Tcherkesse de la petite Cabarde. Régiment des musulmans. Tatar de la province d'Erivan. Tatar de la province de Carabach. *S. l.* (vers 1850). 4 lithographies coloriées, in-fol. en largeur.

Légendes en russe, en allemand et en français.

J. — SUISSE.

1597. ARMÉE SUISSE. Réunion de 4 volumes in-4, oblong, in-8 et in-12, brochés.

Armée fédérale (L'). *Zurich, Weinig, s. d.*, 16 lithographies coloriées se dépliant. — Schaller (H. de). Histoire des troupes suisses au service de la France sous le règne de Napoléon Ier. *Lausanne, Imer et Payot*, 1883, plan, portraits et 2 chromolithographies. — Silvestre (H.). Cantonnements des troupes fédérales dans le Jura bernois. Souvenir de la campagne 1870-1871. *Genève, s. d.*, 18 lithographies. — Sous les armes. Croquis et caricatures de la vie militaire en Suisse, par Dunki, Godefroy, de Lapalud, etc. *Genève*, 1893.

1598. MAY DE ROMAINMOTIER. Histoire militaire des Suisses dans les différents services de l'Europe ; composée sur des pièces et ouvrages authentiques jusqu'en 1771. *Berne, chez la Société ty-*

pographique, 1772, 2 vol. in-12, dos et coins veau fauve, tr. vertes (*Rel. anc.*).

1599. SILVESTRE (H.). Cantonnements des troupes fédérales dans le Jura Bernois. Souvenirs de la campagne 1870-1871, dessinés d'après nature et autographiés par H. Silvestre, *Genève, H. Silvestre, s. d.*, in-fol oblong, broché.

Couverture et 18 lithographies en noir.

K. — PAYS DIVERS.

1600. ARMÉES DES ÉTATS BALKANIQUES. Réunion de 3 vol. et plaquettes, in-4 oblong et pet. in-8, cartonnés.

ARMEEN (Die) der Balkanstaaten. *Leipzig, Ruhl., s. d.*, texte et 10 chromolithographies à nombreux personnages. — RUMÄNISCHE. Armee von Alexander J.-V. Soccu. *Leipzig, Ruhl.*, texte et 16 chromolithographies d'uniformes et schéma. — TENUES (Les) de l'armée roumaine. *Bucarest, s. d.*, 13 chromolithographies de schema.

1601. ARMÉE ET MARINE ESPAGNOLES vers 1830. Album de 20 planches, pet. in-4 oblong, cartonné.

Réunion de 148 petites chromolithographies, montées sur 20 feuillets de papier fort.

1602. BRUUN (Chr.). Danske Uniformer. *Kiöbenhavn*, 1837, in-4, monté sur onglets, demi-rel. chagrin bleu.

Recueil composé d'un titre et de 93 planches gravées à l'eau-forte et coloriées.

Les titres et 5 planches sont plus courts de marges.

La collection complète, publiée de 1837 à 1842, renferme 230 planches.

1603. KLÆDERDRAGTER i Kiöbenhavn. *Kiöbenhavn, Lahde, s. d.* (1807), in-4, monté sur onglets, demi-rel. chagrin vert.

Collection de 13 planches gravées et coloriées de costumes militaires de Copenhague, savoir : Piqueur royal. — Herault d'armes royal. — Garde du corps royal. — Officier d'artillerie. — Officier d'infanterie. — Officier de marine. — Corps d'étudiants. — Garde royal à pied. — Officier pompier. — Soldat territorial. — Chasseur royal. — Marin en faction. — Portechaise d'hôpital.

Les titres de ces planches sont en danois et en allemand ; nous en donnons la traduction.

1604. MOLLER. Den Danske armés uniformer i deres Hovedforandringer i lobetaf circa tre aarhundreder samlet og udgivet af Valdm. Moller. *Kiobenhavn*, 1892, in-fol., oblong, monté sur onglets, demi-rel. bas grenat.

Titre et 21 lithographies coloriées, à plusieurs personnages, tirées sur fond teinté : elles donnent des uniformes de l'armée danoise de 1578 à 1890.

1605. GÉRICAULT. Batalla de Chacabuco ganada sobre los españoles el 12 de febrero de 1817 por las tropas de Buenos-Aires mandatas por el general D^n^ Jose de S^n^ Martin. — Batalla de Maipo, ganada sobre los españoles el 5 de abril de 1818 por las tropas aliadas de Buenos-Aires y Chile mandatas por el general D^n^ Jose de S^n^ Martin. *S. l. n. d.*, 2 planches gravées en couleurs par Himely, in-4 en largeur.

On y joint : 1° Mort du général Wolf, pièce gravée par *Guttenberg*, d'après *West, Nuremberg Hauer*, in-4, en largeur. — 2° Costume de général de cavalerie, commandant de la place de Mexico (1824), lithographie coloriée, d'après *Linau*.
Ens. 4 pièces relatives à l'Amérique.

41 —

II. — COSTUMES CIVILS. — OUVRAGES SUR LES MODES.

1606. ACTEURS ET ACTRICES DE PARIS. Réunion de 6 planches gravées et coloriées, publiées *A Paris par la Vve Chéreau, Martinet*, etc., in-4, en feuilles.

Les six pantoufles ou le rendez-vous des cendrillons au Vaudeville. — *Perlet, dans le* Gastronome sans argent. — *Mlle Arsène, rôle de Perrette-Cendrillon...* — *Acteurs et actrices des différents théâtres de Paris en costume français*, 3 planches différentes.

1607. ALMANACHS DE MODES. Réunion de 2 vol. in-18, cartonnés, étui et mar. vert foncé.

Calendrier pour l'année 1791 (sans titre), 12 figures de coiffures coloriées. — Empire des modes (L'). *A Paris, chez Janet, s. d.*, titre gravé, 6 figures de modes et feuilles de souvenirs gravées.
Le premier almanach de ce lot est du sieur Nenot, maître-coiffeur, rue Saint-Antoine, qui a dessiné les coiffures. Elles sont signées R. D. par le graveur. Ce petit almanach est très rare ; malheureusement sa reliure est très fatiguée.

1608. BRETON. La Chine en miniature, ou choix de costumes, arts et métiers de cet empire, représentés par 74 gravures, la plupart d'après les originaux inédits du cabinet de feu M. Bertin. *Paris, Nepveu*, 1811, 4 vol. in-18, veau vert, pet. dent., dos orné, tr. dor. (*Rel. de l'époque*).

Orné de 74 figures coloriées.

1609. CABINET DES MODES, ou les modes nouvelles, décrites

d'une manière claire et précise... *Paris*, 1785-1788, réunion de 20 cahiers de texte in-8, en feuilles, dans une reliure demi-bas. fauve.

Nous possédons les cahiers de texte suivants : 15 décembre 1785, 15 avril 1786 et de l'année 1788 les cahiers des 10 janvier, 30 janvier au 30 mars, 20 et 30 avril, 30 juillet, 10 et 20 août, 30 septembre, 10 et 20 octobre, 10 novembre, 1er et 21 décembre.

On y joint 6 planches de modes gravées par *Duhamel* et coloriées, appartenant aux années, 1787 et 1789, et le n° du 5 mars 1791 du *Journal de la Mode et du Goût* de Lebrun, plus 8 planches gravées et coloriées de ce journal.

1610. CÉRÉMONIAL de l'Empire français, contenant les honneurs civils et militaires à rendre aux autorités militaires, civiles et ecclésiastiques de l'Empire, et aux différentes personnes occupant des places, à qui il en est dû d'après le décret impérial... par L.-J. P****. *A Paris, à la Librairie économique*, 1805, in-8, demi-rel. cuir de Russie, tr. jaunes.

Portraits de l'Empereur, de l'Impératrice et du Pape, revêtus de leurs habits de cérémonies, coloriés.

1611. CHATAIGNIER [Costumes officiels des fonctionnaires du Directoire]. *A Paris, chez l'auteur, s. d.* (vers 1796), 5 pl. pet. in-4, en feuilles.

Réunion de 5 planches dessinées et gravées par Chataignier et coloriées, dont voici le détail : pl. 1. *Bonaparte, consul premier en grand uniforme.* — pl. 3. *Costume des ministres de la République française.* — pl. 4. *Costume des conseillers d'Etat.* — pl. 5. *Costume du secrétaire d'Etat* (Cette planche est double : coloriée entièrement et coloriée en partie seulement).

1612. COSTUME (Zur Geschichte der). Nach Zeichnungen von Wilk, Diez, Fröhlich, M. Gierymsky, etc., etc. *München, Braun et Schneider, s. d.*, pet. in-fol. cartonné.

Recueil de 90 planches gravées sur bois et coloriées, représentant environ 800 costumes militaires et civils.

Ces planches sont numérotées de 296 à 760.

1613. COSTUMES : Réunion de 3 vol. et plaquettes in-8 et in-12, relié et brochés.

Costumes vrais. Fac-simile de 50 mannequins de cavaliers en grande tenue héraldique, d'après le manuscrit d'un officier d'armes de Philippe le Bon, duc de Bourgogne 1429-1467. *Paris*, 1899, 50 lithographies, coloriées rehaussées d'or et d'argent. — Loi du 3 brumaire an IV sur les costumes des législateurs et des autres fonctionnaires publics. An IV, 16 pp. — Souvenir de la Basse-Bretagne. *S. l. n. d.*, 15 petites lithographies coloriées de costumes.

1614. COSTUMES CIVILS DE DIFFÉRENTS PAYS. Réunion de

36 planches gravées ou lithographiées, dont 28 coloriées et 8 en noir, de divers formats.

Costumes russes, chinois, espagnols, persans, suisses, wurtembergeois, etc., etc., par *Desrais*, *Massard*, *Grasset St. Sauveur*, *Leblanc*, *Lecomte*, etc.

1615. COSTUMES des cantons de la Suisse. *Paris, Lithogr. de Delpech, s. d.*, in-4, en feuilles.

Réunion de 10 lithographies coloriées, faisant partie d'une collection plus importante ; elles portent les numéros 13, 16, 18, 19, 26, 29, 30, 53, 57, 59.

1616. COSTUMES DE THÉATRE, 7 planches gravées ou lithographiées, coloriées in-4 et in-8.

Mme Gontier, Dugazon, 2 pl. gravées par *Janinet*. — Lavigne, Potier, Pierson, 3 pl. publiées par *Martinet*. — Un valet du Roi d'Espagne, lithogr. par *S. Baptiste*. — Mme Galli Marié, lithogr. publiée par *Martinet*.

On y joint : Danses françaises 6 sujets gravées par A. Guillaumot fils. *Paris, s. d.*, in-8, 5 pl. en couleurs et musique.

1617. COSTUMES DU DIRECTOIRE : 7 planches gravées, dont 3 coloriées, in-8, en feuilles.

2 planches du « Costume parisien » (n°s 112 et 1244). — Jeune élégant se promenant au Palais-Royal pour fixer les caprices de sa soirée, par *Koch*, etc., etc.

Parmi ces pièces, se trouve un petit dessin signé *Leclerc*, représentant un jeune abbé.

1618. COSTUMES DU DIRECTOIRE : 11 planches gravées, dont 9 coloriées et 2 en noir, in-fol., in-4, et in-8, en feuilles.

7 pièces publiées chez *Jean* : costumes du ministre de la Justice, des préfets du palais, du président du Tribunal de Cassation, des membres du corps législatif, des sous-préfets, etc. — Juge au Tribunal criminel, par *Garnerey*. — Costume du grand procureur, etc.

On y joint, une pièce gravée et coloriée, représentant un postillon en 1811.

2 pièces sont très fatiguées.

1619. COSTUMES DU XVIIIe SIÈCLE tirés des Prés-Saint-Gervais, avec l'autorisation de MM. V. Sardou, Ph. Gille et Ch. Lecocq, 20 eaux-fortes de A. Guillaumot fils d'après les dessins de M. Draner. *Paris, P. Rouquette*, 1874, pet. in-fol., papier vélin, demi-rel. chagrin La Vall. foncé, tr. jasp. (*Couvert.*).

Notice par Albert de la Berge et 20 eaux-fortes coloriées.

1620. COSTUMES FRANÇAIS : 10 planches gravées ou lithographiées, coloriées, in-fol. et in-4, en feuilles.

Pièce coloriée de la *Galerie des modes* (Femme jouant de la harpe). Charles IX et sa famille, par *Langlois*, gravé par *Pérée*. — Le Grand

Condé, par *Touzé*. — 3 lithographies par *H. Lecomte*. — 3 lithographies par *H. Lalaisse*. — Jeune personne du temps de François I, par *Lanté*, gravé par *Gatine*.

On y joint : 6 planches gravées sur bois d'après *H. Monnier*, dont 4 coloriées représentant des costumes du peuple vers 1830.

Ens. 15 pièces.

1621. [COSTUMES ITALIENS.] *Paris, Lithogr. de Delpech, s. d.*, in-4, cartonn. demi-mar. olive.

Série de 24 lithographies coloriées numérotées 1 à 24.

Etats Romains, 12 pl. — Royaume de Naples, 10 pl. — Lombardie, 1 pl. — Toscane, 1 pl.

Chaque lithographie est signée de la lettre R.

1622. COSTUMES SUISSES. Réunion de 13 planches gravées, dont 5 coloriées, in-4.

Réunion de jolies planches gravées d'après *Pfeninger*, *Wisard*, *Lanté*, etc., représentant les costumes des paysans et paysannes des divers cantons de la Suisse.

1623. COSTUMES SUISSES. Réunion de 17 planches diverses gravées ou lithographiées et coloriées, in-4.

Paysans et paysannes des divers cantons de Suisse. Trois planches représentent des scènes de mœurs suisses : *la prière du repas.* — *Noce villageoise.* — *Départ pour le baptême.*

1624. ÉTRENNES pour les personnes de tout âge et de toutes conditions, pour les années 1791-1792 et 1793. *A Lausanne*, 1791-1793, 3 vol. in-18, cartonnés, étuis.

Chaque almanach est orné de 12 figures coloriées de costumes d'hommes et de femmes des divers cantons de la Suisse.

Grosbritanischer historischer genealogischer Calender für 1794. *Francfurt a. M.*, 1794, in-18, frontispice et 15 figures, dont 4 de modes.

Ens. 4 vol.

1625. FÖHN. Suisse. Jeux et usages. *Paris, Lith. de Engelmann, s. d.*, suite de 10 lithographies coloriées, de Weber et de Zwinger d'après les croquis de Föhn. — Adam (V.) Suisse. Costumes modernes. *Ibid.*, *id.*, *s. d.*, suite de 20 lithographies coloriées d'après les croquis de M. Föhn. 1 vol. in-4, monté sur onglets, dos et coins mar. grenat à longs grains, tête dor.

Belles épreuves de ces deux séries ; à toutes marges.

1626. FÜSSLI (R.-H.). Les costumes suisses les plus originaux, dessinés d'après nature par R. H. Füssli. *Zurich, Heller et Füssli, s. d.*, in-4, en feuilles.

Réunion d'un frontispice représentant le grand sceau de la confédération suisse et 16 lithographies coloriées.

La planche du *Chasseur de chamois* est en double.

L'ouvrage complet comprend 30 planches et un texte.

1627. HOLBEIN (Hans). Recueil de XII costumes suisses, civils et militaires, hommes et femmes, du seizième siècle, gravés d'après les dessins originaux du célèbre Jean Holbein, qui se trouvent à la Bibliothèque publique de la ville de Basle. *Publié par Chrétien de Méchel et se trouve chez lui à Basle*, 1790, pet. in-fol. monté sur onglets, cartonn. demi-bas. olive.

Suite complète de 12 planches (deux séries de 6) gravées à l'eau-forte et coloriées.

Le titre a été coupé au cadre et monté sur papier fort.

1628. JOLY. Arts, métiers et cris de Paris, dessinés par Joly d'après nature. *A Paris, chez Martinet*, *s. d.* (vers 1815), in-8, en feuilles.

Réunion de 31 planches gravées et coloriées.

Nous possédons les nos 6, 7, 11 à 14, 17, 18, 22, 25, 27, 30, 32, 34 à 37, 39, 41, 44 à 46, 48 à 50, 52, 53, 55 à 57, 59 et 60.

5 planches sont tirées de format in-4 et 3 sont en noir. La collection complète comprend 60 planches.

On y a joint 7 des *Cris de Paris* de Bouchardon, publiées chez Juilliot, in-8 et une petite figure du même genre.

1629. JOSTES (Dr Franz). Westfälisches Trachtenbuch. Die jetzigen und ehemalichen westfälischen und schaumburgischen Gebiete umfassend. Mit 24 Tafeln in Farbendruck nach Originalzeichnungen von Johs. Gehrts, zahlreichen Textabbildungen und einer historischen Übersichtskarte. *Bielefeld Berlin und Leipzig, Velhagen und Klasing*, 1904, in-4, cartonn. toile blanche, fers spéciaux (*Cartonn. des éditeurs*).

Planches de costumes en couleurs hors texte et illustrations dans le texte.

1630. JOURNAUX DE MODES : 6 vol. gr. in-8 et in-8, demi-rel.

Petit Courrier des Dames, 2 vol. : du 31 octobre 1827 au 10 octobre 1828, contenant 93 planches gravées et coloriées ; et du 10 octobre 1831 au 30 septembre 1832 (moins le no 7 de 1832), contenant 92 planches gravées et coloriées (la pl. no 866 manque). — Journal des jeunes personnes, 1847-1848, 2 vol., planches gravées et coloriées, et nombreux modèles de coupe et broderie. — Magasin des familles, septembre 1849 à septembre 1850, 1 vol., planches gravées et coloriées et modèles de coupe et de broderie. — Magasin des demoiselles. Tome VIII, 1851-1852, planches gravées et coloriées et modèles de coupe et de broderie.

1631. KAPPELLER. [Tiroler Trachten nach den Zeichnungen des Malers Josef Anton Kappeller gestochen von J. Georg. Laminit.] *Augsburg, bei V. Zanna & Comp.*, *s. d.* (vers 1800), 11 pièces in-8, en feuilles.

Suite de 10 (sur 24) planches gravées par *Georg Laminit*, d'après *Kappeller*, et coloriées.

On y a joint une pièce double, avec de légères variantes. L'une des pièces est sans marges.

1632. LALAISSE (H.), LACAUCHIE (A.) et LEJEUNE (Eug.). [Costumes historiques français.] Réunion de 13 lithographies coloriées, publiées par la maison Martinet-Hautecœur, in-4, en feuilles.

8 lithogr. d'après *Lalaisse*, dont 1 en noir et 1 double, en noir. — 4 lithogr. d'après *Lacauchie*. — 1 lithogr. d'après *Lejeune*; elles représentent divers costumes civils et militaires sous les règnes de Charles VI, François Ier, Louis XIV, Louis XVI, l'Empire et la Restauration.

1633. LA MÉSANGÈRE. Journal des Dames et des modes. Texte seul : du 20 ventose an XI au 30 fructidor an XIII. *Paris*, an XI-XIII, in-8, en feuilles.

Il manque les nos 35, 44, 50 de l'an XI et les nos 30 à 33, 37 à 43 et 47 des ans XII et XIII.

On y joint : 1° 108 planches gravées et coloriées, extraites des années 1825, 1831, 1832 et 1833, elles sont numérotées 2330, 2874 à 2876, 2941 à 3045 (moins les nos 2974, 2992 et 3044), 3077 et 3116. — 2° 68 planches diverses de modes, gravées et coloriées, extraites de « *la Mode* », du « *Bon ton* », du « *Conseiller des Graces* », etc., etc.

1634. LA MÉSANGÈRE. Journal des Dames et des modes, 1809-1811, in-8, en feuilles.

Réunion de 7 planches gravées à l'eau-forte, non coloriées ; elles sont en épreuves avant la lettre et tirées sur papier fort et appartiennent aux années 1809 et 1811 (nos 997, 1028, 1117, 1126, 1131, 1158 et 1179).

1635. LA MODE, revue des modes, galeries de mœurs, album des salons. *Paris*, 1829-1831, 8 vol. in-8, demi-rel. veau brun, tr. jasp.

Collection du début ; octobre 1829 jusqu'à septembre 1831 inclus ; cet exemplaire contient 183 planches coloriées de modes ; les planches 34 et 109 manquent, ainsi que les faux-titre et titre du tome VIII.

« Cette revue, fondée par Emile de Girardin et placée sous le patronage de la duchesse de Berry, ne fut d'abord que ce que dit son titre, mais après la révolution de 1830 elle devint, sous la direction successive de Alfred Dufougerais, Mennechet, vicomte Walsh, etc., l'organe passionné, agressif, spirituel, de la pensée royaliste »... (*Hatin*, page 366). — Les articles sont signés : Jules Janin, Balzac, Eug. Sue, Delphine Gay, A. de Lamartine, etc., etc.

Exemplaire fatigué.

1636. LANTÉ. Galerie française de femmes célèbres par leurs talents, leur rang ou leur beauté. Portraits en pied, dessinés par Lanté....., gravés par Gatine. *Paris, chez l'éditeur*, 1827, in-4, demi-rel. toile.

Collection de 30 portraits (sur 70), gravés par *Gatine* et coloriées.

Marie Touchet, — Marguerite de Lorraine. — Diane de Poitiers. — Mme d'Hautefort. — Mlle de Fontanges. — Duchesse de Longueville. — Mlle de Limeuil. — Eléonore Galigaï. — Marie d'Angleterre, etc., etc.

1637. LECOMTE (Hippolyte). [Choix des costumes des différents peuples de l'Europe.] *Paris, Lithogr. de Delpech, s. d.*, in-4, cartonn. demi-mar. rouge à longs grains.

Suite des 32 premières lithographies coloriées, rehaussées d'or et d'argent.
Costumes grecs, espagnols, napolitains, écossais, suisses, etc.
Sans titre.

1638. LECOMTE (Hippolyte). [Costumes de différentes nations.] *Paris, Lithog. de Delpech, de C. de Last(eyrie)*, 1817-1819, in-4, en feuilles, dans un carton.

Réunion de 80 lithographies coloriées de costumes suisses, tyroliens, de Rome, de Saint-Pétersbourg, des îles de l'Archipel, de Constantinople, de Bordeaux, d'Arles, de Marseille, Pau, Mâcon, Bayonne, Coutances.
1 planche est en noir et quelques-unes sont courtes de marges.

1639. LECOMTE (Hippolyte). [Costumes de différentes nations.] *Paris, lithogr. de Delpech, de C. de Last (eyrie), s. d.* (1817-1819). in-4, cartonné.

Réunion de 27 lithographies coloriées.
Costumes des Asturies, de l'Andalousie, de Catalogne, de Valence, des environs de Bilbao, de l'île Majorque, de Rome, de Naples, de Dalmatie, etc.

1640. LECOMTE (Hippolyte). [Costumes de différentes nations.] *Paris, lithog. de Delpech, de C. de Last(eyrie), s. d.* (1817-1820). in-4, demi-rel. mar. rouge à longs grains (*Rel. de l'époque*).

Série de 90 lithographies coloriées, numérotées 1 à 90.
Costumes suisses, tyroliens, de Valence, de Milan, Rome, Saint-Pétersbourg, des îles de l'Archipel, de Constantinople, de Bordeaux, d'Arles, de Marseille, Pau, Mâcon, Bayonne, Coutances, etc., etc.
Sans titre.

1641. MECHEL (Chrétien de). Suite de différens costumes de paysans et paysannes de la Suisse, publiée par Chrétien de Méchel. *A Basle*, 1785, pet. in-4, en feuilles.

Réunion de 26 (sur 30) planches gravées et coloriées.
On y joint 10 planches doubles.
Ens. 36 pièces.
La plupart sont remontées ou courtes de marges.

1642. MODES (Ouvrages et planches de). 5 vol. in-4 et in-8.

Moniteur de la Mode, 92 planches coloriées en 2 vol. — Recueil de 33 planches diverses lithographiées ou gravées, de costumes de femmes célèbres et de scènes de théâtre. — Journal des Dames et des modes. Texte pour les années 1829 à 1832 avec de nombreuses lacunes.

1643. PAUQUET. Modes et costumes historiques, dessinés et gravés par Pauquet frères, d'après les meilleurs maîtres de chaque époque et les documents les plus authentiques. *Paris, Pauquet frères, s. d.* (1865), in-4, monté sur onglets, demi-rel. chagrin rouge.

Série de 96 lithographies coloriées de modes et costumes français depuis Clovis jusqu'au premier Empire.

Sans titre, mais avec table. Le titre au dos du volume porte : Fred. Sorieu. Modes et costumes français.

1644. PETITE GALERIE DRAMATIQUE ou recueil de différents costumes d'acteurs des théâtres de la capitale. *A Paris, chez Martinet et Hautecœur, s. d.* Réunion de 84 planches gravées et coloriées, in-8, en feuilles.

Nous possédons les planches 1, 2, 3, 193, 401 à 498 (moins les n°s 413, 430, 431, 436, 438, 442, 445, 450, 454, 457, 458, 460, 461, 469, 470, 472, 473, 476, 479, 481, 483, 484 et 494), 747, 748 et 805.

Les planches 417 et 453 sont en double.

Marges inégales.

1645. PINELLI (Bart.). Raccolta di quindici costumi li più interessanti della Svizzera. Designati, ed incisi all' acquaforte da Bartolomeo Pinelli Romano. *In Roma, presso Luigi Fabri, s. d.* (1813), in-4, broché.

Titre et 15 planches gravés à l'eau-forte.

1646. PINELLI (Bart.). [Costumes et scènes de mœurs à Rome et scènes de brigands.] *Roma*, 1834, in-fol., en feuilles.

Collection de 19 planches gravées à l'eau-forte, numérotées 1 à 20. La planche 6 manque.

1647. [RECUEIL des habillements de différentes nations, anciennes et modernes..... *London, published by Thomas Jefferys*, 1757-1772], in-fol., veau marb., tr. rouges (*Rel. anc.*).

Tome III seul publié en 1772, sans titre ni texte, mais contenant les 120 planches gravées et coloriées.

Légendes en anglais et en français.

1648. RODRIGUEZ. Coleccion general de los Trages que en la actualidad se usan en España : principiada en el año 1802. *En Madrid, se hallara en las Librerias de Castillo frente a las Gradas de S[n] Felipe, y de la viuda de Cerro red de S[n] Luis, s. d.* (1801), pet. in-8, en feuilles.

Réunion de 64 planches gravées par *Albuerne, Marti*, etc.

Nous possédons les planches n°s 1 à 24, 29, 30, 39, 40, 45 à 48, 52 à 56, 65 à 68, 70, 71, 76, 77, 85 à 87, 91, 92, 95 à 104, 110, 112.

15 planches sont en noir, 36 sont coloriées et 13 le sont en partie.

Les pl. 99 et 100 sont doubles : noires ou coloriées.

Le recueil complet comprend 112 planches et un titre.

On y joint : une planche portant le n° 15 (*I Chitito*) qui ne se trouvait pas dans l'exemplaire ayant figuré à la première partie de cette vente sous le n° 924.

1649. VERNET (Carle). Collection de costumes dessinés d'après nature par Carle Vernet et gravés par Debucourt. *A Paris, chez Bance, s. d.* (1814-1820), in-fol. en hauteur.

Réunion de 5 planches gravées à la manière du lavis et coloriées ; en voici le détail : *Le Cosaque galant. — La marchande de coco. — Adieux d'un russe à une parisienne. — Officier anglais se rendant à une partie de plaisir. — Officiers prussiens* (cette pièce est en noir).

On y a joint les 2 pièces suivantes gravées par *Gatine*, d'après *Horace Vernet*, coloriées : *Uniformes anglais. — Uniformes russes*, et une pièce de *Carle Vernet*, coloriée, représentant un sapeur et un tambour-major. — Ces 3 dernières pièces sont en mauvais état.

Ens. 9 pièces.

1650. VERNET (Carle). Collection de costumes dessinés d'après nature par Carle Vernet, et gravés par Debucourt. *A Paris, chez Bance, s. d.* (1814-1820), in-fol. en hauteur.

Réunion de 5 planches, gravées à la manière du lavis et coloriées ; en voici le détail : *Anglais en habit habillé. — La Marchande d'eau-de-vie. — La Marchande de poissons. — La Marchande de saucisses. — La Promenade anglaise.*

Petites marges.

1651. VOLMAR, KÖNIG, WAGNER et LOEHRER [Scènes de l'histoire des Suisses]. Réunion de 12 planches gravées par Eslinger, König, Lips, etc., coloriées, pet. in-8, en feuilles.

Légendes en allemand ; les planches sont courtes de marges.

III. — LITHOGRAPHIES, ESTAMPES PORTRAITS

1652. ADAM (Victor). 3 lithographies dont 2 en noir et une coloriée. *Paris, Aug. Bry, s. d.*, in-fol.

Marin, grande tenue. — Artillerie à cheval, grande tenue. — Dragons de l'Impératrice, officier supérieu (colorié).

On y a joint : un double colorié de la planche du *Marin*.

1653. ADAM (Victor). Chevaux. *Paris, Lithogr. de Engelmann, s. d.*, 6 lithographies in-fol. en hauteur ou en largeur.

Cheval cauchois. — Cheval des Ardennes. — Cheval normand. — Cheval de Dragon.

La planche du cheval normand est double, l'une en noir représente un cheval au galop monté par un cuirassier, l'autre coloriée, représente un cheval blessé tandis que son cavalier, attaqué par des cosaques, tire un pistolet des fontes.

La planche du cheval cauchois est double.

1654. ADAM (Victor). Études aux deux crayons : Le Trompette. —

Cheval de batailles. *A Paris, Morier, s. d.*, 2 lithographies coloriées, gr. in-fol.

1655. ADAM (Victor). Réunion de 34 lithographies publiées chez Gache, Monrocq, Lemercier, Bès et Dubreuil, et autres, de divers formats.

Le Sac aux idées, 2 pl. — *La Foire aux idées*, 10 pl. — *Le Bien et le mal*, 3 pl. — *Etudes de chevaux, scènes militaires et uniformes*, 19 pl.

1656. ALBUM COMIQUE de pathologie pittoresque, recueil de 20 caricatures médicales dessinées par Aubry, Chazal, Colin, Bellangé et Pigal. *Paris, chez Amb. Tardieu*, 1823, in-4 oblong, dans le cartonnage de l'éditeur.

Texte et 16 (sur 20) lithographies coloriées.
Il manque 4 planches et 2 feuillets de texte.

1657. AUMONIER DU RÉGIMENT (L') et le soldat de la vieille garde. *S. l. Lith. de Marlet, s. d.*, in-4, en largeur.

Belle lithographie coloriée.
Le bas de la planche est remargé.

1658. BARIC. Fantasia militaire. *Paris, Arnauld de Vresse*, 1864, cartonnage de publication.

Suite de 19 lithographies humoristiques en noir, dont le titre.

1659. BATAILLES. Réunion de 9 planches gravées, de différents formats.

VOLZ. Scènes militaires du premier empire, 5 planches gravées à l'eau-forte. — WEST (B.). La mémorable bataille de la Hogue, 1 planche gravée par *de Launay*. — Mort du Chevalier d'Assas, 1 planche gravée à l'eau-forte au trait, épreuve avant toute lettre. — 2 planches diverses, dont 1 lithographiée et coloriée.

1660. BATAILLES. Restauration, Louis-Philippe et Napoléon III. Réunion de 10 planches gravées ou lithographiées, dont 4 coloriées et 6 en noir, in-fol.

La valeur n'attend pas le nombre des années, pièce gravée par *Charon*, d'après *Aubry*. — *Prise du fort de Santi Petri*, pièce gravée par *Charon*, d'après *Martinet*. — *Siège de Sebastopol et théâtre de la guerre de Crimée, vues à vol d'oiseau*, 2 lithogr. coloriées, par *Guesdon*. — *Prise de Puebla*, lithogr. coloriée par *A. Adam*. — *Le maréchal de Saint Arnaud à la bataille de l'Alma*, lithogr. par *Bellangé*, etc., etc.

1661. BATAILLES DE LA RÉVOLUTION ET DE L'EMPIRE. Réunion de 32 planches gravées ou lithographiées, dont 6 coloriées et 26 en noir, de différents formats.

Jemmapes et Montmirail, 2 lithogr. par *Bellangé*. — Passage du Pô, planche gravée par *Le Beau*, d'après *Naudet*. — Bataille de Vauchamps, lithogr. par *Marin-Lavigne.* — Bataille d'Austerlitz, planche gravée par *Lerouge,* d'après *Martinet,* coloriée. — Combat du 30 mars 1814 sur les hauteurs de Saint-Chaumont, lith. de *C. de Last. (eyrie).* — 3 curieuses pièces gravées à l'eau-forte, campag. de 1797-1798. — Bataille de Waterloo, pièce gravée à l'eau-forte et coloriée, publiée chez Lambert, etc., etc.

1662. BELLANGÉ (H.). Réunion de 19 lithographies, en noir, publiées chez Gihaut frères, Delarue, Thierry et autres. In-fol. et in-4.

Après la victoire. Dernier cri de la Garde. La Garde meurt et ne se rend pas, etc., etc. — Album lithographique pour 1825 (4e album) comprenant 9 lithographies sur 12, dans la couvert. de publication.

1663. BOILLY (L.). Recueil de grimaces. *A Paris, chez Delpech, s. d.* (vers 1827), in-4, en feuilles dans un carton.

Réunion de 88 (sur 95) lithographies noires et coloriées, la plupart à toutes marges.

Il manque le titre et les pl. 37. *Le Printemps* ; 56. *Les Fumeurs* ; 65. *Les Cornes*; 84. *Les Bossus* ; 91. *La Vaccine*; 93. *Les Oranges* ; 94. *La Lecture du roman.*

40 planches sont en noir.

1664. BOUCHER. L'Œuvre de Boucher reproduit par Émile Wattier d'après la gravure des dessins originaux. *Paris, Vve A. Morel et Cie, s. d.,* in-fol., en feuilles, dans le cartonnage de publication.

100 planches tirées en sanguine, fac-similés des dessins originaux.

1665. CARICATURES du début du XIXe siècle. Réunion de 4 planches gravées, dont 3 coloriées et 1 en noir ; in-4 en largeur.

A Solde de papier (soldat de papier). — *Revue des officiers généraux devant commander les volontaires royaux à Vincennes.* — *Grande colère de John Bull contre les ministres à la nouvelle de la prise des Antilles.* A Paris, chez Martinet. — *Misère et vanité ou rien qu'une* (Musée grotesque, no 22). A Paris, chez Martinet.

1666. CHARLES X et la Révolution de 1830. Réunion de 15 lithographies, dont 5 coloriées et 10 en noir, de divers formats.

4 pièces d'après *Grandville.* — 2 pièces d'après *Pannetier.* — 9 pièces diverses par *Raffet, Champion, Bellangé, Philippon,* etc., etc.

1667. CHARLET. Croquis et pochades à l'encre. *Paris, chez Gihaut, s. d.* (1828), in-4, en feuilles.

Suite complète de 18 lithographies (La Combe. Nos 707-725).

Les planches 1, 3, 6, 12, 16 et 18 sont en premier tirage, sur papier de Chine.

On y a ajouté la variante de la planche 17, décrite par La Combe sous le no 724.

On y joint : 8 lithographies coloriées de costumes militaires : voltigeur, carabinier, chasseur à cheval, garde royale hollandaise, etc., etc.

1668. CHARLET. Scènes militaires. Réunion de 11 lithographies publiées chez Gihaut et autres, de divers formats.

Charge de cuirassiers. — *J'obtiens l'activité.* — *Le premier (et le second) coup de feu* (ces 2 pièces sont en double). — *Chauffé, éclairé par son gouvernement, c'est une grande douceur*, etc., etc.

1669. CHARLET, BELLANGÉ, GRENIER et autres. Réunion de 19 lithographies, dont 18 en noir et 1 coloriée, extraites pour la plupart des « *Victoires et conquêtes* », et de la « *Vie de Napoléon* », in-fol. en feuilles.

Batailles et événements de la Révolution et du premier Empire. Quelques planches sont tirées sur Chine.

1670. COLLIN. Le Drapeau libérateur, pièce gravée par Koenig et coloriée. — Dernière ressource d'un brave, pièce gravée par Leclerc. — Ens. 2 pièces in-fol. en largeur.

1671. DEVÉRIA (A.). Contes de La Fontaine. *Paris, publié par E. Ardit et chez H. Gaugain, s. d.*, 53 pl. in-4, en feuilles, dans une couverture de livraison.

Suite de 30 lithographies en noir auxquelles on a ajouté 23 épreuves doubles, coloriées.
Belles épreuves à toutes marges ; 2 des épreuves en noir sont tirées sur Chine.

1672. DEVÉRIA. Réunion de 18 lithographies diverses, dont 5 coloriées et 13 en noir, de différents formats.

La nuit des noces. — *Le matin des noces.* — *Le Billet doux.* — *Louis XIV et Mlle de La Vallière à St-Germain.* — *La Volupté.* — *Le Départ.* — *Le Retour*, etc., etc.

1673. DUPLESSI-BERTAUX. Réunion de 37 vignettes (sur 66) gravées à l'eau-forte, provenant de la collection des *Tableaux historiques de la Révolution française* (3 vol. in-fol.), réunies en 1 album in-8, mar. rouge, fil., fleurons aux angles, dos ornés, tr. rouges (*Rel. anc.*).

Ces vignettes qui se trouvent au-dessous des portraits gravés par Le Vachez, représentent des scènes historiques de l'époque révolutionnaire ; elles ont été coupées au cadre, montées sur papier ancien et placées dans une reliure ayant contenu *Les Baisers de Dorat.*

1674. GRANDVILLE. Les Amusemens de l'enfance, 3 pl. — Les Plaisirs de la jeunesse, 3 pl. — Les Jouissances de l'âge mûr, 1 pl. (sur 3). — Les Passe-tems de la vieillesse, 1 pl. *A Paris, lithogr. de Langlumé, s. d.*, in-4 oblong, en feuilles.

8 lithographies coloriées. On y joint une planche double. Les plaisirs de la jeunesse, pl. 3.
Ens. 9 pièces.

1675. GRENIER (F.). 8 pièces diverses. *A Paris, Lithogr. de Motte*, vers 1830, in-4.

Le Roi à la revue au Champ de Mars. — La Vedette. — Le Marchand forain. — Le Farceur de village. — La Source, etc., etc.
Une planche coupée au cadre.

1676. HOLBEIN. Œuvre de Jean Holbein, ou recueil de gravures d'après les plus beaux ouvrages de ce fameux peintre. Publié par Chretien de Méchel. *Basle, chez Guillaume Haas, s. d*, in-4, en feuilles dans un carton.

Première partie : *Triomphe de la mort* : 47 sujets sur 12 planches. — Quatrième partie : Portraits, 12 planches.

1677. LA FONTAINE. Fables choisies ornées de figures lithographiques de MM. Carle Vernet, Horace Vernet, et Hippolyte Lecomte. *Paris, lithographie de Engelmann*, 1818, in-4 oblong, en feuilles dans un carton.

Tome Ier contenant seulement 48 fables (sur 53) et 59 planches (sur 62).
Il manque les ff. 41, 43, 44, 45 et 53 du texte.
2 planches ont été coloriées et 7 le sont en partie.
On y joint 3 planches doubles : *Les Femmes et le secret, l'Astrologue qui se laisse tomber dans un puits* et *l'Homme entre deux âges et ses deux maîtresses*.

1678. LA FONTAINE. Suite d'estampes nouvelles pour les contes de La Fontaine, gravées d'après les compositions de Boucher, Lancret, Wleughels, par de Larmessin..... Réunion de 4 estampes in-fol. en largeur.

Cette collection, connue sous le nom de *Suite de Larmessin*, se compose de 38 estampes. Voici les titres des 4 que nous possédons : Boucher. Le Fleuve Scamandre, la Courtisane amoureuse. — Lancret. Le petit chien qui secoue de l'argent et des pierreries. — Wleughels. Le Bast. — Ces 4 pièces sont gravées par de Larmessin ; elles ont de petites marges.
On y a joint les trois pièces suivantes de *Ramberg*, pour les « *Contes* de La Fontaine » : *La Jument du compère Pierre, Le Villageois qui cherche son veau* et la *Gageure des trois commères* : Ces trois pièces, gravées au trait, sont remargées.

1679. LECOMTE (H.) et VERNET (H.). Blessés français attaqués par des cosaques. *Paris, Imp. lithogr. de G. Engelmann*, 1817, in-fol. en largeur.

Belle lithographie coloriée.

1680. LEPRINCE (Xavier). [Inconvéniens d'un voyage en diligence]. *Paris, Lith. de Engelmann et Langlumé, s. d.* (1826), in-4 oblong, en feuilles.

Suite complète de 12 lithographies coloriées ; sans le titre.
Cassures réparées à 3 planches.

1681. LITHOGRAPHIES. Réunion de 15 lithographies publiées chez C. de Lasteyrie, Rittner, Potrelle, Gibaut et autres, dont 2 coloriées infol. et in-4.

Bal costumé, par *Eug. Lami.* — *Corinne au cap Mysène*, d'après *Gérard* (coloriée). — La *Déclaration*, d'après *A. Johannot* (coloriée). — *Dieu! c'est ma tante*, par *Legrand.* — *La Mariée*, par *H. Vernet.* — *Le petit corps d'armée*, par *Auger*, etc., etc.

1682. LITHOGRAPHIES. Réunion de 43 lithographies diverses, publiées par Martinet, Motte, Aubert, Delpech, et autres, dont 21 coloriées et 11 en noir, de différents formats.

11 pièces de *H. Monnier*, 3 de *Forest*, 3 de *Philippon*, 2 de *Devéria*, 2 de *Pigal*, 22 diverses de *Chasselat*, *Wattier*, *Grenier*, *Bouchot*, *Cornille*, et autres (caricatures, scènes de mœurs, etc.).

1683. MONNIER (Henry). Jadis et aujourd'hui. *Paris, Delpech, s. d.*, in-4 oblong, en feuilles.

Suite de 17 (sur 18) lithographies en noir; il manque: *Jadis une promenade.*

La planche *Jadis, Complément d'études* est coloriée. On y a joint une planche double : *Jadis. Un médecin.*

1684. MONNIER (Henry). Les petites misères humaines. *Paris, Lith. de Delpech, s. d.*, in-4 oblong, en feuilles.

Deux suites complètes de chacune 5 lithographies.

Épreuves en noir.

Deux planches « L'enfance et la Jeunesse » (Petites misères) sont coloriées.

1685. MONNIER (Henry). Récréations. *Paris, Giraldon-Bovinet, s. d.*, in-4, oblong, en feuilles.

Réunion d'un titre et de 18 lithographies, dont 8 coloriées, les autres en noir.

Une des planches est double en noir et coloriée.

1686. MONNIER (Henry). Réunion de deux portraits (Béranger et H. Monnier) et de 35 vignettes dessinées et lithographiées en couleurs par Henry Monnier, pour les *Chansons* de Béranger. *S. l. n. d.*, in-8, en feuilles.

Réimpression.

1687. MONNIER (Henry). Scènes du jour. Les Péchés capitaux. *Paris, Imp. Lithogr. de Delpech, s. d.*, in-4 en feuilles.

Suite complète de 12 lithographies à deux sujets par planche, dont 6 coloriées et 6 en noir.

Épreuves à toutes marges, sans le titre.

1688. NAPOLÉON Ier (Pièces relatives à). Réunion de 6 planches gravées, in-fol.

Clémence de Napoléon, pièce gravée par *Clément*, d'après *Monsiau.* —

Bas-reliefs de l'arc de triomphe du palais des Tuileries et du corps législatif, 4 pièces gravées au trait par *Lacour*, d'après *Cartelier, Clodion, de Seine* et *Gaulle*. — *Zusammenkunft der Kaiser Napoleon und Alexander und des Königs Friedrich Wilhelm III, zu Tilsit im Pavillon auf dem Niemen am 26 Junius 1807*, pièce gravée par *Jügel*, d'après *Wolff* et tirée en bistre.

1689. POMPÉI. Souvenir de Pompéi, *Napoli, Majolino, s. d.*, album in-4 oblong, cartonn. toile rouge.

24 lithographies coloriées, montées sur bristol ; elles représentent divers sujets trouvés dans les fouilles faites à Pompéi.

On y joint :

POMPÉI. Domus Vettiorum. Dernières excavations. *Napoli, Lith. de Luca et Bardelloni, s. d.*, in-fol., en feuilles. Réunion de 17 lithographies en couleurs.

1690. PORTRAITS DIVERS. Réunion de 59 portraits anciens et modernes, gravés ou lithographiés, de différents formats.

Duc de Wellington, Harri et Beecher Stowe, Bayard, Montecuculli, Pierre Arétin, Napoléon III, le prince Impérial, le duc d'Aumale, etc., etc.

1691. PORTRAIT de Mlle Bourgoin. Lithographie in-4 de H. Grevedon d'après Sicardi, cadre doré, ancien.

Lithographie d'Engelmann tirée sur Chine.

1692. PORTRAITS de personnages célèbres de la Révolution, de l'Empire et de la Restauration. *A Paris, Lithogr. de Delpech, s. d.* (1823-1830), in-fol. en feuilles dans un carton.

Réunion de 83 portraits lithographiés en buste, par *Grevedon, Maurin, Belliard* et autres.

1693. PORTRAITS DES GRANDS HOMMES, femmes illustres, et sujets mémorables de France, gravés et imprimés en couleurs. *A Paris, chez Blin, s. d.* (1786-1791), in-4, en feuilles.

Réunion de 21 portraits et 16 estampes avec texte, gravés par *Moret, Sergent, Roger, Bidé*, et autres.

Ens. 37 pièces ; marges inégales.

1694. RAFFET. Histoire de Jean-Jean. *A Paris, chez Frérot. Lithogr. de Villain, s. d.*, in-4, en feuilles.

Suite de 15 lithographies (sur 16) : il manque « *Tout au bout de la Ville* » (Giacomelli. *Raffet*, n°s 221-236).

Parmi ces 15 planches, 5 sont coloriées : on y a ajouté 2 planches doubles en noir : *La Salle de police, Les Jeans-Jeans.... Ils est pas patineurs !* Marges inégales.

1695. RAFFET. Prise et retraite de Constantine. *A Paris, chez Gihaut frères, s. d., 1837-1838*, in-fol., en feuilles.

Réunion de 8 lithographies : Nous possédons les pl. 2, 3, 9, 10, 12, de

la « *Prise de Constantine* », et les pl. 2, 3 et 6 de la « *Retraite* ». La planche 3 de la « Retraite » a été coupée au cadre et coloriée.
6 planches sont tirées sur Chine.

1696. RAFFET. Réunion de 30 lithographies diverses, publiées chez Villain, Frérot, Gibaut frères et autres, de 1826 à 1836, in-4.

Histoire de Napoléon. 8 lithographies. — Uniformes et scènes militaires. 5 lithographies, dont 2 coloriées. — Albums lithographiques divers : 3 frontispices et 15 lithographies, dont 5 coloriées.
On y joint 3 pièces gravées par Colin (dont *La Revue Nocturne*) et *Fontaine*, publiées par Furne.
Ens. 33 pièces.

1697. RÉUNION de 8 lithographies diverses, en noir, d'après Sauerweid, Benard, Menut, etc., publiées par Aubert, Lasteyrie, Delpech, Motte, etc., in-fol.

Souvenirs du 29 juillet 1830. — Les mille et un sujets (alphabet militaire). — Divers sujets de genre, etc.

1698. SACRE DE CHARLES X. Réunion de 5 planches gravées sur acier, in-fol., en feuilles.

Costumes des dignitaires de la Cour de Charles X ; ces planches sont en épreuves AVANT la lettre ; une planche est en double.

1699. SCÈNES HISTORIQUES : Réunion de 3 planches, dont 2 gravées et 1 lithographiée en noir ; in-fol. en largeur.

Serment fait le 21 germinal an IV, par 1500 républicains attaqués par une armée de défendre la redoute importante de Montenesimo, ils remplissent leur serment et la victoire la plus complette fut remportée par l'armée française, pièce dessinée et gravée par *Koch*, Nuremberg, 1797. — *Des grenadiers se présentent dans l'assemblée des Cinq-Cents, et Bonaparte fait sommer aux députés de se retirer*, pièce gravée par *Marchetti*, d'après *Agneni*. — Expulsion de Manuel, de la chambre des députés (sous la Restauration), pièce lithographiée, épreuve AVANT toute lettre.

1700. SCÈNES MILITAIRES. Réunion de 13 lithographies diverses publiées par Lasteyrie, Delpech, Bès et Dubreuil, etc., de différents formats.

Le Drapeau défendu, par *Léon Cogniet*. — *Avant-poste*, par *Grenier*. — *Le hussard fourrageur*, par *Grenier*. — *A moi conscrits*, d'après *Bacler d'Albe*. — *Vieux soldat, bivouac*, par *Marlet*, etc., etc.

1701. SCÈNES MILITAIRES. Réunion de 35 lithographies et planches gravées, dont 6 coloriées ; de divers formats.

Le Billet de logement. — *Le Camarade de lit*. — *Le Retour au foyer*. — *Le Soldat convalescent*. — *Le Hussard séducteur*. — *Un avant-poste*. *Les trois âges du soldat*, etc., pièces d'après *H. Lecomte*, *Devéria*, *Scheffer*, *David*, *Bellangé*, etc. — Scènes de camps, batailles, etc. Parmi ces pièces se trouvent 2 aquarelles représentant une charge et un assaut.

1702. SCÈNES MILITAIRES DIVERSES : Réunion de 22 lithographies, publiées chez Engelmann, de Lasteyrie, Motte et autres, de divers formats.

Le matin d'une bataille. — La pièce en batterie. — La retraite coupée. — Le drapeau défendu. — Les voltigeurs retranchés. — Le soldat français. — L'espion. — Réveille-toi donc, etc., etc., pièces d'après *H. et C. Vernet, H. Lecomte, Charlet, Swebach, Feuchère* et autres.

1703. SCHOLZ (Chez). Portraits de souverains et de princes de différents pays. *Bei J. Scholz in Mainz, s. d.* (vers 1840), in-fol. en feuilles.

Réunion de 9 lithographies en noir, dont une double coloriée (Ibrahim pacha) : Prince Frédéric des Pays-Bas. — Duc de Wellington. — François I, empereur d'Autriche. — Guillaume IV, roi d'Angleterre, etc.

1704. VERNET (Carle). Chevaux de divers pays. *S. l. (Paris) s. d.*, in-fol. oblong, en feuilles.

Série de 56 lithographies.

Les 17 premières planches, qui sont numérotées, représentent des cavaliers de la Garde royale ; les autres représentent des chevaux d'Espagne, arabes, des chevaux de courses, etc., des cavaliers militaires français, de la Garde royale ou étrangers.

Toutes les planches ne sont pas numérotées ; quelques-unes portent le nom de Lasteyrie.

La planche 5 est en double, en noir et coloriée.

La planche 17 est également double ; toutes deux sont coloriées, mais avec différences.

1705. VERNET (Carle). Chevaux de divers pays. *S. l. (Paris) s. d.*, in-fol. oblong, en feuilles, dans un cartonnage bleu, blanc et rouge.

Même suite que le n° précédent comprenant seulement 36 lithographies, dont 9 sont coloriées.

On y joint : 13 planches doubles diverses.

Ens. 49 lithographies.

1706. VERNET (Carle). Sujets équestres. Réunion de 22 lithographies en noir publiées par Lasteyrie, Delpech et Engelmann, in-fol. en largeur.

Cheval arabe avec son équipement. — Cheval persan. — Cheval de cosaque régulier. — Cosaque d'Ural. — Cheval espagnol. — Cheval arabe équipé, etc., etc.

On y a joint 2 pièces gravées l'une en noir par *Debucourt* : *Cheval arabe conduit par un Mameluck*, l'autre coloriée, gravée par *Jazet* : *Mameluck dressant son cheval.*

Ens. 24 planches.

1707. VERNET (Horace et Carle). Réunion de 9 lithographies diverses publiées chez Delpech, Lasteyrie et autres, de différents formats.

Bivouac français. — Le Songe 1821. — Le Chien du régiment. — Mon lieutenant, c'est un conscrit. — Prise d'une redoute par des grenadiers français. — L'officier au bivouac (cette pièce est gravée par *Gudin*, d'après *H. Vernet*), etc.

1708. VERNET (Horace). La Vie d'un soldat. *Paris, Imp. lithogr. de Delpech, s. d.*, in-fol. en largeur, en feuilles.

Suite de 5 lithographies numérotées 1 à 5.
Les planches 1 et 2 sont doubles; les planches 4 et 5 sont triples; dont une épreuve coloriée pour la planche 5.
Ens. 11 lithographies.

1709. VERNET (Horace). Réunion de 11 lithographies, pour illustrer la « *Henriade* » de Voltaire. Paris, P. Dupont et E. Dubois, 1822-1827, in-fol.

Belles épreuves à toutes marges 9 sont tirées sur Chine, dont 2 avant la lettre.

1710. VERNET (Horace). Sujets équestres et militaires. Réunion de 9 lithographies publiées par Engelmann, Delpech, de Lasteyrie, et autres, in-fol.

La pièce en action. — Bivouac français. — Mohamed Ali Pacha. — Le Grenadier de l'île d'Elbe, etc.
Une des planches s'y trouve quatre fois dans des états de gravure plus ou moins avancés.

IV. — LIVRES ANCIENS ET MODERNES DANS TOUS LES GENRES

1711. ADELINE (Jules). Hippolyte Bellangé et son œuvre. Avec eaux-fortes et fac-simile. *Paris, A. Quantin*, 1880, in-8, dos et coins chagrin bleu, tête dor., non rogné.

1712. ALBUM DE L'OPÉRA. Principales scènes et décorations les plus remarquables des meilleurs ouvrages représentés sur la scène de l'Académie royale de musique. Publiée par Challamel. Dessins de MM. Alophe, Baron, Challamel, A. Devéria, C. Nanteuil, etc. *Paris, Challamel, s. d.* (1844), in-4, demi-rel. chagrin rouge, tr. jasp.

48 pp. de texte et 24 lithographies en noir, les pl. 3, 9 et 17 s'y trouvent deux fois, en noir et coloriées.
Le titre et le faux-titre manquent.

1713. ALMANACH DE GÖTTINGUE pour l'année 1790. *Göttingue*, 1790, frontispice et 14 figures de modes. — Almanach dédié aux dames pour l'année 1818. *A Paris, chez Le Fuel*, 1818, titre gravé, 6 figures et feuilles de souvenir gravées. — Le Don de l'amitié par Bouillet. *A Paris, chez Marcilly*, 1825, titre gravé, 6 figures et feuilles de souvenir gravées. — Ens. 3 vol. in-18, cartonnés.

1714. ALMANACHS. Réunion de 5 vol. in-18, dont 1 mar. rouge à longs grains, les autres dans le cartonnage de publication avec étui.

Almanach des dames pour l'an 1809. *A. Tubingue, chez Cotta*, 1809, titre gravé et 6 figures. — Almanach dédié aux dames pour 1813. *A Paris, chez Le Fuel*, 1813, titre gravé, 6 figures et feuilles de souvenir gravées. — Chansonnier dédié aux dames pour l'an 1814. *A Paris, chez Le Fuel*, 1814, titre gravé, 6 figures, musique et feuilles de souvenir gravées. — Hommage aux dames. *Paris, Janet*, 1817, titre gravé, 6 figures et feuilles de souvenir gravées. — Roses du Vaudeville. *Paris*, 1819 (sans titre), 10 figures coloriées (exemplaire très fatigué).

1715. APOUX. Les Vierges sages et les Vierges folles. *Paris, René Pincebourde, s. d.* — Rêveries fantastiques. *Ibid., id., s. d.* — En 1 vol. in-4, dos et coins chagrin rouge, non rogné.

Suite de 2 frontispices et de 24 eaux-fortes.

1716. ARETINO. Les Dialogues du divin Pietro Aretino, entièrement et littéralement traduits pour la première fois. *Paris, Is. Liseux*, 1879-1880, 6 parties en 2 vol. pet. in-12, dos et coins chagrin rouge, tête dor., non rognés (*Couvert.*).

Édition tirée à 350 exemplaires sur papier vergé.

1717. L'ARTISTE. *Paris*, 1831-1835, 7 vol. in-4, veau jaspé, tr. jaunes (*Rel. de l'époque*).

Tomes I à V (1831-1833), IX (tome I de la 5e année) et XII (tome II de la 6e année) de la première série.

Chaque volume est orné de nombreuses lithographies, eaux-fortes et gravures hors texte.

1718. AUBERT DE VITRY. Recherches sur les vraies causes de la misère et de la félicité publiques ou de la population et des subsistances, par un ancien administrateur (Aubert de Vitry). *A Paris, chez Picard-Dubois*, 1815, in-8, mar. rouge à longs grains, fil. et dent. à petits fers, fleurs de lis aux angles, dos orné fleurdelisé, dent. int., tr. dor. (*Rel. anc.*).

1719. BARLANDUS (Hadrianus). Hollandiae comitum historia et icones : cum selectis scholiis ad lectoris lucem. Ejusdem Barlandi Caroli Burgundiae ducis vita. Item Ultrajectensium Episcoporum catalogus et res gestae. Ejusdem argumenti libellus Gerardo Noviomago auctore. *Lugduni Batavorum, ex officina Christophori Plantini*, 1584, 2 parties en 1 vol., in-fol., parchemin (*Rel. anc.*).

Cette édition, ornée de 34 portraits en pied représentant les comtes de Hollande, est augmentée de notes marginales par Janus Dousa : les planches sont numérotées 1 à 35 (la 28e n'existe pas).

Voir Ruellens et de Backer. *Annales plantiniennes*, pp. 273-274.

1720. BARTHÉLEMY ET MÉRY. Napoléon en Egypte. Waterloo et le fils de l'homme. Edition illustrée par Horace Vernet et H. Bellangé. *Paris, Bourdin, s. d.* (1842). Premier tirage. — PACINI (Eug.). La Marine, arsenaux, navires, équipages, navigation, atterrages, combats. Illustrations de Morel-Fatio. *Paris, Curmer,* 1844. — SAILLET (Alex. de). Les Ecoles royales de France ou l'avenir de la jeunesse. Dessins de Bouchot, Lemercier, Marckl, etc. *Paris, Lehuby, s. d.* — SUSANE (Louis). Histoire de l'ancienne infanterie française. Atlas de 151 lithographies coloriées. *Paris, Corréard,* 1856. — Ens. 4 vol. in-8, cartonn. et demi-rel. de l'époque.

1721. BAUDOUIN. Jolis péchés des nymphes du Palais-Royal, rues, boulevards et faubourgs de Paris... *Paris, Terry,* 1838, 1 figure. — CABINET d'Amour et de Vénus (Le). *A Cologne, chez les héritiers de P. Marteau, s. d.,* 2 vol. — DOPPET. Traité du fouet ou aphrodisiaque externe, par un amateur. *A Paris, s. d.,* 1 jolie figure. — Ens. 4 vol. in-18, dont 2 veau fauve, dos orné, tr. marb., 1 cartonn. toile orange et 1 chagrin La Vall., tr. dor.

1722. BEAUVESET (Robbé de). Œuvres badines. *Bruxelles, Gay,* 1883, 2 tomes en 1 vol., frontispice de Chauvet en 6 états sur chine volant. — LIBER (Jules). Les Pantagruéliques, contes du pays rémois. *Paris, Marpon & Flammarion,* 1883, frontispice de Mesples. — OLIVIER (Jacques). Alphabet de l'imperfection et malice des femmes. *Paris, Barraud,* 1876. — Ens. 3 pet. vol. in-8, demi-rel. chagrin grenat et vert, tête dor., non rognés.

1723. BERANGER (P.-J. de). Chansons anciennes, nouvelles et inédites, avec des vignettes de Devéria et des dessins coloriés d'Henri Monnier, suivies des procès intentés à l'auteur. *Paris, Baudouin frères,* 1828, 2 tomes en 1 vol. in-8, veau fauve, plaque à froid, tr. dor. (*Rel. de l'époque*).

Cet exemplaire ne contient que 33 figures d'*Henri Monnier* (sur 40). Reliure très fatiguée, le dos manque.

1724. BILLARDON DE SAUVIGNY. Parnasse des dames. *A Paris, chez Ruault,* 1773, 9 vol. in-8, veau marb., dos orné, tr. marb. (*Rel. anc.*).

9 titres gravés et 15 vignettes, dont 9 avec portraits, par *Marillier,* gravées par *Ponce.*

1725. BOCCACE. Le Décaméron. Illustrations de Jacques Wagrez. Traduction et notes de Francisque Reynard. *Paris, H. Launette et Cie,* 1890, 3 vol. in-4, dos et coins mar. grenat, tête dor., non rogné, couvert. (*Champs*).

1726. BOURBON-CONTY (De). Louis XIV et ses amours. Galerie historique. *Paris, chez A. Aug. Renouard,* 1824, titre gravé et 6 portraits. — GRANDVAL (Ragot fils, dit). L'Eunuque ou la fidelle infidélité, parade en vaudevilles, mêlée de prose et de vers. *A Montmartre, s. d.,* titre gravé. — MORALE des sens (La) ou l'homme du siècle. Extrait des mémoires de Mr. le chevalier de Bar***, rédigés par Mr. M... D. M. (attribué à Mirabeau). *A Londres*, 1792. — Ens. 3 vol. in-8 et in-12, dont 1 cartonné, 1 bas. grenat et 1 demi-rel. veau fauve.

1727. BRANTÔME. Les Vies des dames galantes, tirées des mémoires de Messire Pierre de Bourdeille, seigneur de Brantôme. Nouvelle édition réimprimée sur l'originale de 1666, augmentée de notes et additions. Cinquante dessins en couleurs par Ad. Lambrecht. *Paris, Ch. Carrington*, 1901, 2 vol. in-8, papier vergé, dos et coins chagrin noir, tête dor., non rognés (*Couvert.*).

1728. BREVIARIUM PARISIENSE. Illustriss. et Reverendiss. in Christo Patris D. D. Caroli-Gaspar Guillelmi de Vintimille... *Parisiis, sumpt. suis ediderunt Bibliopolae usuum parisiensium*, 1736, 4 vol. in-12, mar. rouge, fil., dos orné, tr. dor. (*Rel. anc.*).

Frontispices de *Boucher*, avec petites vues de Paris au bas des planches.

1729. BRUSARD. Catalogue de l'œuvre lithographique de M. J.-E. Horace Vernet. *Paris, de l'imp. de J. Gratiot*, 1826, in-8, broché.

Exemplaire contenant un supplément manuscrit et des additions intéressantes au crayon.

1730. BRY (Auguste). Raffet, sa vie et ses œuvres. Accompagné de deux portraits de Raffet lithographiés, de deux eaux-fortes inédites et de quatre fac-simile. Edition augmentée de cinq fac-simile de lettres inédites de Raffet. *Paris, J. Baur*, 1874, in-8, demi-rel. bas. rouge.

1731. CALLOT. Les misères et les malheurs de la guerre, représentez par Jacques Callot, mis en lumière par Israel. *Paris*, 1633, 18 planches montées sur papier ancien. — Le Clerc (S.). Divers costumes français du règne de Louis XIV ; suite de 20 planches. — Duplessi-Bertaux. Suite de mendiants, gravés à l'eau-forte, 12 pl. — Rosa (Salvator). Suite d'eaux-fortes, guerriers, etc., 32 planches, dont celle avec la dedicace. — Ens. 4 vol. in-8 oblong.

Réimpressions.

1732. CARTA EXECUTORIA. Manuscrit de 6 ff., sur peau de vélin, en belle bâtarde, pet. in-fol. vélin blanc.

Autorisation de porter des armoiries accordée à Don Bartholome et à Don Diego de la Barra, datée de Madrid 1711.

Le recto du premier feuillet renferme les armoiries peintes de la famille de la Barra.

1733. CATALOGUE des tableaux, études peintes, aquarelles et dessins composant l'atelier Meissonier. *Paris*, 1893, gr. in-4, demi-rel. chagrin bleu, ébarbé.

Beau catalogue orné de nombreuses eaux-fortes, hors texte.

1734. CATALOGUES D'EXPOSITIONS. Réunion de 6 vol. in-8 et in-12, dont 2 demi-rel. bas. rouge et brochés.

CATALOGUE des miniatures, gouaches, estampes en couleurs françaises et anglaises, 1750-1815, exposés à la Bibliothèque nationale, 1906; nombreuses reproductions. — EXPOSITION universelle de 1889. Catalogue. Arts militaires, 1889. — EXPOSITION rétrospective de la ville de Paris. Catalogue 1900. — EXPOSITION de 1900. Catalogue de l'exposition rétrospective des armées de terre et de mer, par G. Bapst, 1900. — CATALOGUE du musée d'artillerie, tome V, 1889. — LES VERNET. Joseph, Carle, Horace. Catalogue.

1735. CENT NOUVELLES NOUVELLES (Les). Édition revue sur les textes originaux et illustrée de plus de 300 dessins par A. Robida. *Paris, Librairie illustrée, s. d.*, 2 vol. in-8, dos et coins mar. orange, tête dor., non rognés (*Couvert.*).

Exemplaire auquel on a ajouté: la suite des 50 figures (en couleurs) de Léon Lebègue pour l'édition des *Cent nouvelles nouvelles*.
Et la préface de Jules de Marthold. *Paris, Ch. Carrington*, 1900.

1736. CHAMPFLEURY. Henry Monnier. Sa vie, son œuvre, avec un catalogue complet de l'œuvre et 100 gravures fac-simile. *Paris, Dentu*, 1879, in-8, dos et coins chagrin bleu, tête dor., non rogné (*Couvert.*).

1737. COLÉOPTÈRES (Les). Organisation, mœurs, chasse, collections, classification. Iconographie et histoire naturelle des coléoptères d'Europe; avec 48 planches en couleur et 335 vignettes. *Paris, J. Rothschild*, 1876, in-4, demi-rel. bas. fauve, dos orné, tr. dor.

1738. COLLECTION CAZIN. 13 vol. in-18, veau fauve, fil., dos orné, tr. dor. (*Rel. anc.*).

BÉROALDE DE VERVILLE. Le moyen de parvenir. *A Londres*, 1781, 3 vol. (le titre du tome III manque). — GRÉCOURT. Œuvres. *A Londres*, 1780, 4 vol., fig. — MEURSII (Joannis) elegantiae latini sermonis seu Aloisia Sigea Toletana de arcanis Amoris et Veneris. *Londini*, 1781, 2 vol., titre et frontispice gravés. — PARNY. Opuscules. *S. l.*, 1784, 2 vol., 2 titres gravés et 5 figures de Monnet. — PIRON. Œuvres choisies. *Genève*, 1777, 2 vol., portrait gravé par de Launay.
On y a joint: BRISSART-BINET. Cazin, sa vie et ses éditions par un cazinophile. *Reims*, 1877, in-18, cartonn. dos et coins toile bleue, non rogné.

1739. COLLECTION DES GONCOURT. Catalogues. Dessins, aquarelles et pastels du XVIIIe siècle. — Objets d'art du XVIIIe siècle. *Paris*, 1897, 3 vol. in-4 et in-8, dont 1 demi-rel. chagrin vert, les 2 autres brochés.

Nombreuses reproductions hors texte en héliogravure.

1740. COVILLARD (Jos.). Observations iatrochirurgiques, pleines de remarques curieuses et événemens singuliers. Ouvrage publié en 1639.... Seconde édition, augmentée de remarques historiques et pratiques, de plusieurs mémoires et observations par Jean-Franç.

Thomassin, avec deux planches en taille-douce. *A Strasbourg, chez F.-G. Levrault*, 1791, in-8, mar. rouge, fil. et pet. dent., dos orné, dent. int., tr. dor. (*Rel. anc.*).

1741. CUENDIAS (Manuel de) et FÉRÉAL (V. de). L'Espagne pittoresque, artistique et monumentale. Mœurs, usages et costumes. Illustrations par Célestin Nanteuil. *Paris, Librairie ethnographique, s. d.* (1848), portrait, 25 vues et 25 types de costumes coloriés (*Premier tirage*). — GALIBERT (Léon). L'Algérie ancienne et moderne depuis les temps les plus reculés jusqu'à nos jours. Vignettes par Raffet. *Paris, Furne et Cie*, 1846. — Ens. 2 vol. in-8, demi-rel. chagrin rouge et demi-bas. bleu, tr. jasp.

1742. D'ALLEMAGNE (Henry-René). Récréations et passe-temps. Ouvrage contenant 249 illustrations dans le texte et 132 gravures hors texte, dont 30 planches coloriées à l'aquarelle. *Paris, Hachette et Cie, s. d.*, in-4, dans le cartonnage de publication.

1743. D'ALLEMAGNE (Henry-René). Sports et jeux d'adresse. Ouvrage contenant 328 illustrations dans le texte et 100 gravures hors texte, dont 29 planches gravées à l'aquarelle. *Paris, Hachette et Cie, s. d.*, in-4, dans le cartonnage de publication.

1744. D'ALLEMAGNE (Henry-René). Histoire des jouets. Ouvrage contenant 250 illustrations dans le texte et 100 gravures hors texte, dont 50 planches coloriées à l'aquarelle. *Paris, chez l'auteur, s. d.* (1902), in-4, cartonn. toile grise, fers spéciaux, tête dor., non rogné (*Cartonn. de publication*).

1745. D'ALLEMAGNE (Henry-René). La Serrurerie ancienne à l'Exposition de 1900. Extrait du rapport général de M. P. Larivière. *Saint-Cloud, Imp. Belin frères*, 1902, in-4, demi-rel. chagrin rouge, tr. jasp.

Nombreuses reproductions hors texte et dans le texte.
Envoi autographe de l'auteur.

1746. D'ALLEMAGNE (Henry-René). Les Cartes à jouer du XIVe au XXe siècle. Ouvrage contenant 3 200 reproductions de cartes dont 956 en couleur, 12 planches hors texte coloriées à l'aquarelle, 25 phototypies, 116 enveloppes illustrées pour jeux de cartes et 340 vignettes et vues diverses. *Paris, Hachette et Cie*, 1906, 2 vol. in-4, brochés.

1747. DANTE. Le terze rime di Dante. (A la fin :) *Venetiis in aedib. Aldi, accuratissime men. aug.* 1502, pet. in-8, de 244 ff. non chiff., y compris le titre et un feuillet blanc, placé entre l'Enfer et le Purgatoire, bas. marb., fil., tr. dor. (*Rel. anc.*).

Édition très rare, la première publiée par les Alde, dont c'est un des plus beaux spécimens de typographie.
La partie blanche du bas du titre manque.
Quelques mouillures.

1748. DETOUCHE (Henry). Peintres de la femme intégrale, Félicien Rops et A. Willette. Frontispice en couleurs de F. Rops. Lithographie originale de A. Willette. *Paris, A. Blaizot*, 1906, in-4, broché.

Tirage à 116 exemplaires.
Un des 100 exemplaires (n° 35) sur papier VÉLIN D'ARCHES.

1749. DIGUET (Charles). Les jolies femmes de Paris. 20 eaux-fortes par Martial ; ornements par Morin. *Paris, Lacroix, Verboeckhoven et Cie*, 1870, in-8, demi-rel. bas. fauve, ébarbé (*Couvert.*).

Papier raisin vergé.

1750. DUMAS FILS (Alexandre). Un cas de rupture. Illustrations page à page, par Eugène Courboin. *Paris, Maison Quantin*, 1892, gr. in-8, demi-rel. chagrin vert, ébarbé (*Couvert.*).

Exemplaire imprimé sur papier vélin.

1751. ELPHINSTONE (Mountstuart). Tableau du royaume de Caboul et de ses dépendances, dans la Perse, la Tartarie et l'Inde ; offrant les mœurs, usages et costumes de cet empire. Traduit et abrégé de l'anglais par M. Breton. *Paris, Nepveu*, 1817, 3 vol. in-18, veau vert gauffré, pet. dent., dos orné, tr. dor. (*Rel. de l'époque*).

Orné de 14 planches gravées et coloriées.

1752. EROTOPAEGNION sive priapeia veterum et recentiorum Veneri jocosae sacrum (edente Fr. Noel). *Lutetiae Parisiorum apud C.-F. Patris*, 1798, pet. in-8 broché.

Exemplaire non rogné, contenant les deux figures qui manquent souvent.

1753. ESCOSURA (Don Patricio de la). España artistica y monumental. Vistas y descripcion de los sitios y monumentos mas notables de España ; obra dirigida y ejecutada por Don Genaro Perez de Villa-Amil ; texto redactado por Don Patricio de la Escosura. *Paris, en casa de Alberto Hauser*, 1842-1844, 2 tomes de texte en 1 vol. et 1 vol. de planches. — Ens. 2 vol. in-fol. demi-rel. veau fauve, tr. marb.

Texte français et espagnol, imprimé sur 2 colonnes. — L'album contient 1 frontispice et 95 lithographies à deux teintes ; quelques-unes sont légèrement coloriées.

1754. FAMIN (C.). Peintures, bronzes et statues érotiques, formant la collection du cabinet secret du musée royal de Naples, avec leur explication par C. Famin. *Paris, Typographie Everat*, 1832, in-4, cartonné.

Texte et 41 planches gravées au trait.

1755. FIELDING. Suite de 12 figures par Moreau, gravées par Simonet, de Villiers, Mariage, etc. pour *Tom Jones,* édition de *Paris, Didot,* 1833, 4 vol.

Epreuves en deux états avec la lettre; sur Chine et sur blanc.

1756. FIRENZUOLA. Nouvelles de Agnolo Firenzuola, moine bénédictin de Vallombreuse (XVIe siècle), traduites en français pour la première fois par Alcide Bonneau, *Paris, Liseux,* 1881, in-16, dos et coins chagrin rouge, tête dor. non rogné (*Couvert.*).

Tirage à petit nombre sur PAPIER VERGÉ.

1757. FISHER'S drawing room scrap book. With poetical illustrations by Mary Howitt, *London, Fisher, Son & Co.*, 1841, in-4, monté sur onglets, demi-rel. chagrin grenat, tr. jasp.

Texte en vers anglais et 36 planches gravées sur acier.

1758. FLAUBERT (Gustave). Madame Bovary, mœurs de province. Edition définitive, suivie des Réquisitoire, plaidoierie et jugement du procès intenté à l'auteur devant le tribunal correctionnel de Paris, audiences des 31 janvier et 7 février 1857. *Paris, Charpentier,* 1880, in-12, mar. vert, large dent. à petits fers, dos orné, dent. int., tr. dor. (*Petit et Trioullier*).

Un des 100 exemplaires (n° 33) imprimés sur PAPIER DE HOLLANDE.

1759. FUCHS (Eduard). Die Karikatur der europäischen Völker vom Altertum bis zur Neuzeit von Eduard Fuchs. *Berlin, A. Hoffmann & Comp.*, 1904, 2 vol. in-4, demi-rel. mar. grenat, plats toile, fers spéciaux, tr. jaunes (*Rel. des éditeurs*).

Nombreuses illustrations hors texte et dans le texte, en noir et en couleurs.

1760. GALLAND. Les Mille et une nuits. Réunion de 4 frontispices et 42 figures d'après Marckl, David, Callow, Foussereau, Fragonard, Chasselat, etc. pour l'édition Pourrat, en 1 vol. in-8, chagrin noir

Epreuves tirées sur PAPIER DE CHINE.

1761. GAVARNI. Œuvres choisies, revues, corrigées et nouvellement classées par l'auteur. Etudes de mœurs contemporaines. Les Enfants terribles, les lorettes, les actrices, etc., etc. *Paris, publié par J. Hetzel,* 1846, 3 parties en 1 vol. in-8, dos et coins veau vert, tr. jasp.

PREMIER TIRAGE.
La 4e partie, publiée par Garnier en 1848 manque.

1762. GAVARNI. Œuvres choisies, revues, corrigées et nouvellement classées par l'auteur. Etudes de mœurs contemporaines. *Paris, Hetzel, Garnier,* 1848, in-8, broché (*Couvert.*).

La vie de jeune homme, 30 planches. — Les Débardeurs, 50 planches.

1763. GELBKE (Ch. von). Abbildungen der Wappen saemtlicher europaeischen Souveraine, der Republiken und freien Staedte; nebst Erklärung der einzelnen Wappenfelder und Titel der Regenten. Herausgegeben von Ch. von Gelbke. *Berlin bei G. Reimer, s. d.* (vers 1840) in-fol. oblong, monté sur onglets, demi-rel. chagrin bleu.

Ouvrage comprenant 7 couvertures de livraisons, 2 feuillets de texte, 1 feuillet de table et 45 planches coloriées, rehaussées d'or et d'argent, représentant les armoiries des états de l'Europe et principautés vers 1840. En regard de chaque blason, se trouve un écusson gravé au trait indiquant les divers quartiers de chaque blason.

1764. GIACOMELLI (H.). Raffet, son œuvre lithographique et ses eaux-fortes, suivi de la bibliographie complète des ouvrages illustrés de vignettes d'après ses dessins. Orné d'eaux-fortes inédites par Raffet et de son portrait par M.-J. Bracquemond. *Paris, Bureaux de la Gazette des Beaux-Arts*, 1862, in-8, demi-rel. chagrin La Vall., dos orné, tr. jasp.

1765. GRAVURES AU TRAIT. Réunion de 3 vol. et plaquettes, in-fol. oblong, reliés et brochés.

Gagneraux. 16 planches diverses gravées à l'eau-forte au trait, sujets allégoriques ou mythologiques. — Muret. Histoire de Fridolin. *Paris, Lithogr. de Villain, s. d.*, 8 lithographies numérotées 1 à 8. — Robaut (F.). Fête historique en l'honneur de Philippe le Bon à Douai. *Douai, s. d.*, texte, et grande planche pliée. — Sujets divers, d'après *Poussin, Le Sueur, Raphaël*, etc., 11 planches gravées à l'eau-forte au trait.

1766. GRÉCOURT. Œuvres choisies, précédées de considérations historiques et critiques sur le genre de poésie auquel elles appartiennent. *Paris, Paulin*, 1833, in-8, dos et coins mar. grenat à longs grains, dos plat orné, non rogné (*Couvert.*).

Orné de dix planches gravées au trait à l'eau-forte.

1767. GUINOT (Eugène). L'Été à Bade, illustré par Tony Johannot, Eug. Lami, Français et Daubigny. Quatrième édition précédée d'une notice sur l'auteur par M. Jules Janin et de l'inauguration de l'embranchement de Strasbourg à Kehl par Amédée Achard. *Paris, Ernest Bourdin, s. d.*, gr. in-8, demi-rel. chagrin grenat, ébarbé (*Couvert.*).

1768. HANNON (Théodore). Rimes de joie; avec une préface de J.-K. Huysmans, un frontispice et trois gravures à l'eau-forte de Félicien Rops. *Bruxelles, Gay et Doucé*, 1881, in-12, broché (*Couvert.*).

Édition originale.
Tirage à petit nombre sur papier de Hollande.

1769. HISTOIRE DU COURONNEMENT, ou relation des cérémonies religieuses, politiques et militaires, qui ont eu lieu pendant les jours mémorables consacrés à célébrer le couronnement et le

Sacre de Sa Majesté Impériale Napoléon Ier, empereur des français..... (Suivie de la liste nominative des fonctionnaires publics, militaires et gardes nationales, appelés à la cérémonie du sacre et du couronnement). *A Paris, chez P.-L. Dubray*, 1805, in-8, mar. vert à longs grains, fil. et dent., dos orné, doublé et gardes de satin rouge, tr. dor. (*Lefebvre*).

Orné de 7 portraits dessinés par *Desnoyers*.

1770. HOLBEIN (J[n]). La Danse des Morts à Bâle de J[n] Holbein. *Bâle, Hasler & Cie, s. d.*, in-4, dos et coins bas. bleue.

Texte en vers en français, anglais et allemand, et 40 lithographies coloriées avec soin.

1771. ILLUSTRATED RECORD (An) of important events in the annals of Europe, during the years 1812, 1813, 1814, and 1815; comprising a series of views of Paris, Moscow, the Kremlin, Dresden, Berlin, the battles of Leipsic, etc., etc., etc. *London, printed by T. Bensley*, 1815, in-fol., dos et coins veau fauve, tr. jasp.

23 planches gravées et coloriées, dont la grande vue de la bataille de Waterloo, 1 carte et 1 plan, 1 fac-simile d'autographe et 2 planches de portraits en médaillon.
Le premier plat de la reliure est détaché.

1772. JOUFFREAU DE LAZARIE (L'Abbé). Le Joujou des demoiselles. *A Londres, chez Jean-Nicaise Le Plat*, 1753, gr. in-8, demi-rel. mar. grenat, tête dor., ébarbé.

Texte gravé, 50 vignettes à mi-page non signées pour le *Joujou* et 5 vignettes pour les *Epigrammes* qui terminent le volume.
Le titre est remonté et le frontispice manque.

1773. JOULLAIN. Suite de 12 planches (sur 17) gravées à l'eau-forte, pour illustrer : « *l'histoire du Théâtre italien* » de Louis Riccoboni. *Paris, Chaubert*, 1728-1731, en 1 vol. in-4, monté sur onglets, demi-rel. chagrin bleu foncé.

Belles épreuves à toutes marges.
Il manque : le titre gravé, *Habit de scaramouche napolitain. Habit de pantalon moderne, Habit de docteur ancien. Habit d'arlequin moderne, Habit de Giangurgolo Calabrois.*

1774. KEEPSAKE (The) for 1830. Edited by Frederic Mausel Reynolds. *London, s. d.* (1830), in-8, dos et coins chagrin vert, tr. dor.

17 planches gravées sur acier, tirées sur Chine.

1775. LA COMBE (de). Charlet. Sa vie, ses lettres, suivi d'une description raisonnée de son œuvre lithographique, avec un portrait de Charlet. *Paris, Paulin et Le Chevalier*, 1856, in-8, dos et coins mar. brun, tête dor., ébarbé.

On y joint : DAYOT (A.). Charlet et son œuvre. 118 compositions lithographiques, peintures à l'huile, aquarelles, sépias et dessins inédits. *Paris, Quantin, s. d.*, gr. in-8, demi-rel. chagrin bleu.

1776. LA FONTAINE. Contes et nouvelles en vers. *Amsterdam* (Paris). 1762. (Edition dite des « *Fermiers Généraux* »), in-8.

Réunion de défets comprenant 112 figures diverses dont plusieurs doubles et triples, et un lot important de feuillets de texte, dont un grand nombre avec fleurons et culs-de-lampe.

On y a joint 10 figures diverses appartenant à d'autres éditions.

1777. LA FONTAINE. Contes et nouvelles en vers, par M. de La Fontaine. *A Amsterdam (Paris, Barbou)*, 1762, 2 vol. in-8, en feuilles.

Édition publiée aux frais des Fermiers Généraux ; elle est ornée de figures d'*Eisen* et de culs-de-lampe de *Choffard*.

Exemplaire lavé, préparé pour la reliure, de marges inégales.

Le portrait de La Fontaine est d'un tirage postérieur.

On y a joint une reliure ancienne du tome II, en maroquin rouge.

1778. LA FONTAINE. Contes et nouvelles en vers. *A Londres, s. d.* (vers 1770). 2 vol. pet. in-12, veau marb., dos orné, tr. rouges (*Rel. anc.*).

Portrait, frontispice et 83 figures.

Contrefaçon de l'édition dite des « *Fermiers Généraux* ».

La planche 14 du tome I se trouve dans le second volume entre les pp. 204-205.

1779. LA FONTAINE. Figures des contes de La Fontaine. 14 compositions par A.-P. Martial, pour faire suite aux 60 planches gravées par le même artiste d'après les originaux de Fragonard qui laissaient sans estampes 13 contes de La Fontaine. *Paris, Imp. Beillet, s. d.*, in-fol., en feuilles.

Exemplaire n° 175 imprimé sur papier Van Gelder ; épreuves terminées en noir.

1780. LA FONTAINE. Suite d'estampes d'après Lancret, Pater, Eisen, Boucher, Vleughels, etc. pour illustrer les Contes de La Fontaine, gravées au burin par Depollier aîné. Trente-huit planches in-4 et deux vignettes gravées en taille-douce. *Paris, Jules Lemonnyer*, 1885, 2 vol. gr. in-4, montés sur onglets, demi-rel. chag. rouge, tête dor., non rognés.

Suite en 2 états : 1° Premier état sur papier vergé de Hollande, épreuves à l'état d'EAUX-FORTES pures, tiré à 10 exempl. — 2° Troisième état, épreuves terminées avant la lettre, tirées en noir sur papier de Hollande.

Couvertures de livraisons conservées.

1781. LEBER (C.). Des Cérémonies du Sacre, ou recherches historiques et critiques sur les mœurs, les coutumes, les institutions et le droit public des français dans l'ancienne monarchie. *Paris et Reims, Frémeau fils*, 1825, in-8, dos et coins veau fauve, non rogné.

Cet exemplaire ne renferme que 39 (sur 40) planches, gravées sur acier. — Le titre indique 48 planches, mais l'ouvrage est complet avec 40.

1782. LE GRAS (A.). Album des pavillons, guidons, flammes de toutes les puissances maritimes avec texte par M. A. Le Gras. *Paris, Aug. Bry*, 1858, in-4, monté sur onglets, demi-rel. mar. rouge, tr. jasp.

65 chromolithographies contenant 538 sujets.

La planche 50 et son texte n'existent pas ; ils ne sont pas indiqués à la table.

1783. LIBER AMICORUM, ayant appartenu à Andreas Birckel, de Colmar habitant Bâle. Pet. in-8 oblong, vélin, les plats entièrement ornés de compartiments peints en différentes couleurs, ornés de rinceaux de fleurs dor., tr. dor. (*Rel. de l'époque*).

Cet album contient 10 curieuses aquarelles gouachées, dont 8 sont peintes sur des feuillets de parchemin.

La plupart des inscriptions, au nombre de 20, sont écrites en allemand ; les autres en français. Elles sont écrites de Bâle et datées de 1760. Voici quelques noms :

Heinrich Ludwig Stuber, de Stuttgart. — Friedr. Ernst Arnoldi de Francfort-sur-le-Mein. — Joh. Heinrich Kauffmann, de Stuttgart. — Joh. Wilh. Küchler, de Francfort. — Jean-Jacques Botzon, de Strasbourg. — Jean-Michel Uhland, de Tubingue. — G.-L. Schübelin, de Colmar. Etc., etc.

1784. LIPPERHEIDE. Katalog der Freiherrlich von Lipperheide'schen Sammlung für Kostümwissenschaft mit Abbildungen. *Berlin*, 1897-1905, 3 vol. gr. in-8, demi-rel. mar. brun, non rognés.

Important catalogue orné de nombreuses reproductions hors texte et dans le texte.

1785. LIVRES ILLUSTRÉS DU XVIIIe SIÈCLE. 6 vol. in-8 et in-12, demi-rel. bas. fauve (*Rel. anc.*).

Imbert. Le Jugement de Pâris, poème en IV chants, suivi d'œuvres mêlées. *Amsterdam*, 1774. Titre gravé par *Moreau*, 4 figures par *Moreau*, gravées par *Née*, *Duclos*, etc. et 4 vignettes par *Choffard*. — Pigault-Lebrun. La Folie espagnole. *Paris, Barba*, 1801, 4 vol., 4 figures non signées. — Rabaut (J.-P.). Précis historique de la Révolution française. *A Paris, Treuttel et Wurtz*, 1809, 6 figures par *Moreau*.

1786. LIVRES ILLUSTRÉS DU XVIIIe SIÈCLE. 15 vol. in-8 et in-12, veau, demi-rel. veau et mar. rouge.

Demoustier. Lettres à Emilie sur la mythologie. *Paris, Renouard*, 1803, 6 parties en 3 vol., portrait par Gaucher et 36 figures par Monnet. — Dorat. La Déclamation théâtrale. *Paris, Séb. Jorry*, 1767, frontispice et 4 figures par Eisen. — Erasme. Eloge de la folie, traduit par M. Gueudeville. *Amsterdam*, 1745, figures sur bois dans le texte d'après les dessins d'Holbein et 6 planches pliées hors texte, non signées. — ÉTRENNES LYRIQUES anacréontiques pour l'année 1785. *Paris*, 1785, une figure par Cochin, coloriée. — LA FONTAINE. Contes. *Paris, Nepveu*, 1820, 4 tomes en 2 vol. 69 figures sur 75 ; il manque le portrait et 6 figures. — RABAUT. Précis historique de la Révolution françoise. *Paris*, 1792, 6 figures par Moreau. — REGNARD. Œuvres. *Paris*, 1787, 4 vol., 11 figures. — SWIFT. Le Conte du tonneau. *La Haye*, 1732, 2 vol., frontispice et 6 figures.

1787. LIVRES ILLUSTRÉS DU XVIIIe SIÈCLE INCOMPLETS. Réunion de 12 vol. in-8 et in-12, dont 9 brochés et 3 rel. veau.

BOCCACE. Décameron. *Paris*, an X (1802), 9 vol., 2 frontispices, 9 titres gravés et 101 figures par *Gravelot* (les tomes 2 et 4 manquent). — MARGUERITE DE NAVARRE. Heptaméron. *Berne*, 1792, tome I seul, contenant le titre gravé et 21 figures par *Freudeberg* (les vignettes et culs-de-lampe du texte ont été découpés). — GOETHE. Lettres de Charlotte, pendant sa liaison avec Werther. *Londres et Paris, Royez*, 1787, 2 vol., portrait et 2 vignettes par *Chodowiecki*.

1788. LOUIS XVI et MARIE-ANTOINETTE (Estampes relatives à). 3 pièces gravées, in-4 et in-8.

La terrible nuit du 5 au 6 octobre 1789. — *Les derniers adieux de Louis XVI à sa famille le 20 janvier 1793, veille de son exécution*, pièce coloriée. — *Fin tragique de Marie-Antoinette d'Autriche, reine de France, exécutée le 16 octobre 1793*, pièce coloriée.

1789. LOUVET DE COUVRAY. Les Amours du chevalier de Faublas ; avec une préface par Hippolyte Fournier. Dessins de Paul Avril, gravés à l'eau-forte par Monziès. *Paris, Librairie des Bibliophiles*, 1884, 5 vol. in-12, papier vergé, dos et coins chagrin rouge, tête dor., non rognés (*Couvert.*).

1790. MARGUERITE DE NAVARRE. Heptaméron de la reine Marguerite de Navarre, avec une introduction, un index et des notes par Félix Frank. Orné d'un portrait de la reine Marguerite et de 12 dessins de Sahib, gravés sur bois par A. Prunaire. *Paris, Is. Liseux*, 1879, 3 vol. pet. in-12, dos et coins chagrin rouge, tête dor., non rognés (*Couvert.*).

Édition tirée à 500 exemplaires sur papier vergé.

1791. MASSON (Frédéric). Joséphine, impératrice et reine. *Paris, Goupil et Cie, Jean Boussod, Joyant et Cie*, 1899, in-4, illustrations d'après les documents contemporains, mar. vert, grand comp. de fil. et fers de l'Empire, aux armes impériales, dos orné, dent. int., tr. dor., couvert. et dos (*Durvand*).

Papier vélin du Marais.

1792. MERMEIX. La France sous les armes. Texte d'un officier général et de Mermeix. Dessins de H. Dupray, Leroy et Alfred Paris. *Paris, F. Roy, s. d.*, gr. in-4, dos et coins chagrin rouge, ébarbé.

1793. MIROIR DES DAMES (Le) et de la jeunesse ou leçons de toutes les vertus qui honorent les deux sexes. Ouvrage tiré d'un manuscrit indien. *A Paris, chez Le Fuel-Delaunay, s. d.*, in-18, mar. rouge à longs grains, fil. et dent., dos orné, tr. dor., étui de mar. rouge, dent. (*Rel. de l'époque*).

Titre gravé et 20 jolies figures coloriées ou gravées en couleurs.

1794. MISSALE ROMANUM ex decreto sacrosancti concilii Tridentini restitutum, Sancti Pii V. Pont. Max. jussu editum. Clementis VIII et Urbani VIII auctoritate recognitum..... *Romae excud. Joachim et Michael Puccinelli fratres, s. d.*, in-fol., mar. fauve, comp. de fil. et dent., ornements dorés sur les plats, dos orné, tr. dor., signets (*Rel. anc.*).

Missel orné de 1 frontispice et 10 grandes figures gravées par *Valet, Picart, Bloemaert*, etc., d'après *Cortese, Cesius* et autres. Un cahier est détaché de la reliure.

1795. MONTPENSIER. Mémoires du duc de Montpensier (Antoine-Philippe d'Orléans), prince du sang. *Paris, Imp. Royale*, 1837, in-4, portrait, mar. rouge à long grains, comp. de fil. et large dent., milieu en losange, dos orné, doublé et gardes de tabis bleu, tr. dor. (*Rel. de l'époque*).

L'exemplaire est détaché de la reliure qui est fatiguée.

1796. MONTROSIER (Eugène). Les Peintres militaires, contenant les biographies de MM. de Neuville, Detaille, Berne-Bellecour, Dupray, Jazet, Couturier, Sergent, Chaperon, Protais, Médard et Walker. Dessins et lettres ornées d'après les originaux des artistes; têtes de pages par G. Fraipont et 20 planches en photogravure par Goupil et Cie. *Paris, H. Launette*, 1881, in-8, dos et coins chagrin rouge, plats toile fers spéciaux, tête dor., ébarbé (*Cartonn. de l'éditeur*).

1797. NORVINS (de). Histoire de Napoléon. Vignettes par Raffet. *Paris, Furne et Cie*, 1839, gr. in-8, demi-rel. veau fauve, tr. jasp.

Premier tirage.
L'exemplaire est déboîté.

1798. NORVINS (de). Histoire de Napoléon, ornée de portraits, vignettes, cartes et plans. Troisième édition, revue, corrigée et augmentée par l'auteur. *A Paris, chez A. Thoisnier-Desplaces*, 1829, 4 vol. in-8, demi-rel. veau brun, ébarbés (*Rel. de l'époque*).

Reliure fatiguée.

1799. ORDEN (Die). Wappen und Flaggen aller Regenten und Staaten in originalgetreuen Abbildungen. Zweite Auflage, vermehrt durch die specielle Beschreibung der sämmtlichen Orden.

Leipzig, Verlag von Moritz Ruhl, 1883-1887, 2 vol. pet. in-4, en feuilles, dans des cartonnages.

Texte et 72 chromolithographies.
Le second volume renferme le *Supplément.*

1800. OSMONT. Dessins d'ameublement (Lits, rideaux, draperies de fenêtres). *A Paris, Osmont, éditeur de dessins, s. d.,* pet. in-4 oblong, demi-rel. toile verte.

4e cahier contenant un frontispice, un avertissement et 50 planches gravées et coloriées.

1801. OUVRAGES GALANTS. 5 vol. in-12 dont 1 mar. vert, fil., dos orné, tr. dor. et les autres veau ou demi-rel. veau marb. et cartonné (*Rel. anc.*).

Intrigues monastiques, ou l'amour encapuchonné... *La Haye,* 1739. — Mandeville. Vénus la populaire, ou apologie des maisons de joye. *Londres,* 1727. — Meusnier de Querlon. Histoire de la Tourière des Carmélites. *La Haye,* 1745, 2 ouvrages en un vol. — Mirabeau. Errotika biblion. *Paris,* 1801, portrait. — Talisman de volupté (Le) ou la relique de Ste Thérèse par ****. *Paris,* an VIII, une figure par Binet. — Triomphe des religieuses (Le) ou les nonnes babillardes. *A Congo,* 1748.

1802. PEREA (Don Daniel). A los toros. Album compuesto de 28 acuarelas originales del reputado pintor de escenas taurinas don Daniel Perea. *Barcelona, Miralles, s. d.,* in-4 oblong, cartonnage de publication.

Texte espagnol, français et anglais.
On y joint : La Lidia, revista taurina. Madrid, 10 avril 1887 au 19 décembre 1887, collection de 35 numéros, illustrations en couleurs, album in-4, cartonnage toile rouge.

1803. PERROT (A.-M.). Collection historique des ordres de chevalerie civils et militaires, existant chez les différens peuples du monde, suivie d'un tableau chronologique des ordres éteints. *A Paris, chez Aimé André,* 1820, in-4, demi-rel. bas. rouge, non rogné.

Ouvrage orné de 40 planches gravées en taille-douce et coloriées avec soin ; représentant les plaques, croix, médailles, rubans, etc.

1804. POÉSIES GALANTES. 5 vol. in-8 et in-12, dont 3 rel. veau marb., dos orné, 1 dos et coins chagrin rouge et 1 broché.

Piron (A.). Poésies libres et joyeuses, 1805, 1 figure. — Le plus joli des recueils, ou amusemens des dames, suivi du Joujou des demoiselles. *Londres,* 1778. — Recueil de nouvelles poésies galantes, critiques, latines et françoises. *Londres, s. d.,* 2 vol. — Voltaire. Lettre philosophique, avec plusieurs pièces galantes et nouvelles de différens auteurs. *Londres,* 1775.

1805. POGGE. Les Facéties, traduites en français, avec le texte latin. Edition complète. *Paris, Is. Liseux*, 1878, 2 vol. in-12, dos et coins chagrin rouge, tête dor., non rognés (*Couvert.*).

Édition tirée à petit nombre sur papier vergé.

1806. PRÉVOST (l'abbé). Histoire de Manon Lescaut et du chevalier Des Grieux ; précédée d'une préface par Alexandre Dumas fils. *Paris, Glady frères*, 1877, in-8, papier vergé, dos et coins chagrin rouge, tête dor., non rogné.

Eaux-fortes par *Léopold Flameng*.

1807. PROSPECTUM aedium viarumque insigniorum urbis Venetiarum nautico certamine, ac nundinis adjectis... Antonius Canale coloribus, Joannes Baptista Brustolon aere incidit. *Apud Lud. Furlanetto supra pontem vulgo dictum dei Baretteri ad insigne S. M. Gratiarum C. P. E. S.*, 1763, 20 planch. in-fol. oblong.

Collection d'un titre et de 19 planches gravées de vues de Venise.
On y a joint une vue de la place Saint-Marc de Venise, gravée par *Chenu*, d'après *Casparo*.

1808. RABELAIS. Œuvres, suivies des remarques publiées en anglois par M. Le Motteux et traduites en françois par C. D. M. (de Missy). *A Paris, chez F. Bastien*, an VI, 3 vol. in-8, veau marb., pet. dent., dos orné, tr. marb. (*Rel. anc.*).

76 figures non signées y compris le portrait de Rabelais.
La planche 6 se trouve dans le 3e volume.

1809. RAMBERG (J.-B.). Suite des six estampes dessinées et gravées au trait par J.-H. Ramberg, pour illustrer les Contes de La Fontaine. Collection complète. *Paris, J. Lemonnyer*, 1884, in-4, en feuilles.

Un des 50 exemplaires du troisième état, imprimé sur Japon Impérial, tiré en bistre, épreuves avant la lettre.

1810. RAMIRO (Erastène). Catalogue descriptif et analytique de l'œuvre gravé de Félicien Rops, précédé d'une notice biographique et critique par Erastène Ramiro. Orné d'un frontispice et de gravures d'après des compositions inédites de Félicien Rops et de fleurons et culs-de-lampe d'après F. Rops, Jean La Palette et Louis Legrand. — Supplément au catalogue de l'œuvre gravé de Félicien Rops par Erasthène Ramiro. Illustrations de Félicien Rops. Fleurons et culs-de-lampe par Armand Rassenfosse. *Paris, Conquet et Floury*, 1887-1895, 2 gr. vol. gr. in-8, dos et coins mar. grenat, tête dor., non rognés, couvert. (*Beaumont*).

Papier vélin.
Envoi autographe sur le faux-titre du premier volume.

1811. REIBISCH (F. Martin von) et KOTTENKAMP (Dr Franz). Der Rittersaal. Eine Geschichte des Ritterthums, seines Entstehens und Fortgangs, seiner Gebräuche und Sitten. *Stuttgart, Druck und Verlag von Carl Hoffmann*, 1842, in-4 oblong, cartonn. toiles fers spéciaux (*Rel. de l'éditeur*).

Texte et 62 planches lithographiées et coloriées, rehaussées d'or et d'argent.
Histoire de la chevalerie, de son origine, de ses usages et de ses mœurs.

1812. RESTIF DE LA BRETONNE. La Paysanne pervertie, ou les dangers de la ville ; histoire d'Ursule R** sœur d'Edmond, le paysan, mise au jour d'après les véritables lettres des personnages, par l'auteur du paysan perverti. *Imprimé à la Haye, et se trouve à Paris, chez la d[lle] Vve Duchesne*, 1784. 8 parties en 2 vol. in-12, veau marb., dos orné, tr. rouges (*Rel. anc.*).

8 frontispices et 30 figures par *Binet, Berthet*, gravées par *Giraud le jeune*, et *Le Roy*, ou non signées.
Les pp. 199 à 202, de la 8e partie manquent.

1813. RETZSCH (Ouvrages illustrés par). 4 vol. pet. in-8 oblong, brochés.

Le Dragon de l'île de Rhodes, traduction en vers par Mme Elise Voiart. *Paris, Audot*, 1829, 16 dessins. — Faust, avec une analyse du drame de Goëthe par Mme Elise Voiart. *Ibid., id.*, 1829, 26 dessins. — Fridolin, ballade de Schiller, traduction en vers par Mme Elise Voiart. *Ibid., id.*, 1829, 8 dessins. — Galerie de Shakspeare, Hamlet. *Ibid., id.*, 1828, 15 dessins.
Figures gravées au trait.

1814. RICHARDSON. Clarisse Harlowe. Suite complète du portrait par Pujos et des 21 figures dessinées et gravées par Chodowiecki, pour l'édition de *Clarisse Harlowe* de Paris et Genève, 1785-1786, 10 vol.

Epreuves avant la lettre, non rognées.

1815. RÖCHLING (Carl) und KNÖTEL (Richard). Der alte Fritz in fünfzig Bildern für Jung und Alt von Carl Röchling u. Richard Knötel. *Berlin, Verlag von Paul Kittel, s. d.*, in-fol. oblong, monté sur onglets, cartonn. veau gris, fers spéciaux, tr. dor. (*Cartonn. de l'éditeur*).

50 planches en couleurs, fac-simile de dessins à la plume et à l'aquarelle, représentant diverses anecdotes de la vie de Frédéric le Grand.

1816. RÖCHLING (C.), KNÖTEL (R.) und FRIEDRICH (W.). Die Königin Luise in 50 Bildern für Jung und Alt von C. Röchling, R. Knötel, u. W. Friedrich. *Berlin, Verlag von Paul Kittel, s. d.*, in 4. oblong, veau vert, fers spécieux, tr. dor. (*Rel. de l'éditeur*).

50 planches en couleurs, fac-simile de dessins à la plume et à l'aquarelle, représentant diverses anecdotes de la vie de la reine Louise.

1817. ROIS, reines et princes de la maison de Bourbon, depuis

Henri IV jusqu'à nos jours. Galerie de portraits. *Paris, de l'Imp. de A. Firmin Didot*, 1829, in-4, demi-rel. bas. rouge.

Collection de 32 portraits en médaillons, gravés en taille-douce par *B. Roger*, d'après *Porbus, Crispin de Pas, Mignard, Rigaud*, etc.

1818. ROUARGUE (A.). Venise, ses principaux monuments dessinés d'après nature et lithographiés. *A Paris, chez M*[me] *V*[ve] *Delpech*, 1837, in-fol., demi-rel. mar. rouge à longs grains. tr. jasp. (*Rel. de l'époque*).

Titre et 10 feuillets imprimés contenant la description des planches, grande vignette, 20 lithographies en noir, avec légendes en français et en italien.

1819. ROUSSEAU (J.-J.). Suite complète des 38 frontispices et des 42 figures par Monnet, Le Barbier, Moreau, Weatly, etc., gravés par Duhamel, De Ghendt, Dupréel, Borgnet, etc., pour les « Œuvres de Rousseau ». Edition de Paris, Poinçot, 1788-1793, in-8, en feuilles.

35 figures sont en épreuves avant la lettre. Petites marges.

1820. SAUERWEID. Scènes du nord, ou choix de quatorze estampes représentant des traineaux, des voitures, des cavaliers, l'intérieur des tentes de Kalmouks, les amusemens sur la glace, etc., d'après dessins originaux de M. Sawereyd (*sic*) avec un texte explicatif. *Paris, A. Nepveu*, 1814, pet. in-12 oblong, cartonnage original.

13 (sur 14) planches gravées et coloriées. — La planche « Traineaux des nobles et des riches » manque.
Exemplaire fatigué.

1821. SCRIVERIUS (Petrus). Het oude goutsche chronycxken van Hollandt, Zeelandt, Vrieslandt en Utrecht met een byvoeghsel en toet-steen vermeerdert. *T'Amsterdam, by Jan Hendricksz Boom. Joost Pluymer*, 1663, in-4, vélin (*Rel. anc.*).

Titre gravé et 36 portraits des comtes de Hollande, gravés par *Ad. Matham*.
La plus grande partie du texte est imprimée en caractères gothiques.

1822. SEGOING. Armorial universel contenant les armes des principales maisons, estatz et dignitez des plus considérables royaumes de l'Europe ; blazonnées de leurs métaux, couleurs et enrichies de leurs ornemens extérieurs. *A Paris, chez N. Bercy*, 1754, in-4, demi-rel. veau fauve (*Rel. anc.*).

Cette édition contient 200 planches gravées contenant de nombreux blasons. Elles sont coloriées avec soin.

1823. SUISSE (Ouvrages illustrés relatifs à la). Réunion de 5 volumes et plaquettes, in-8, cartonnés et brochés.

Album officiel de la fête des vignerons. Dessins de E. Vullemin d'après les costumes de P. Vallouy. *Vevey*, 1889, grande chromolithographie se dépliant. — GUILLAUME TELL. Treize compositions gravées par Ribaut, d'après C. Œsterley, précédé d'une analyse du drame de Schiller par L. C. Soyer. *Paris*, 1833. — KOENIG (N.). Description de la ville de Berne, ornée d'un plan et de quelques vues intéressantes. *Berne, Bourgdorfer, s. d.*, titre gravé, plan et 4 lithographies. — PROMENADE pittoresque de la Suisse, composée de 60 vues par les lieux les plus intéressants et remarquables. Souvenir de voyage, *Basle, s. d.*, 58 (sur 60) vues gravées à la manière du lavis. — SOUVENIRS DE LA SUISSE. Canton de Berne. *Genève, chez Briquet et Dubois, s. d.*, 24 lithographies de vues.

1824. TARDIEU (Ambroise). La Colonne de la grande armée d'Austerlitz ou de la victoire, monument triomphal érigé en bronze, sur la place Vendôme de Paris. Description accompagnée de 36 planches représentant la vue générale, les médailles, piédestaux, bas-reliefs et statue dont se compose ce monument. *A Paris, chez Ambroise Tardieu*, 1822, in-4, cartonné, non rogné.

75 pages de texte descriptif et 36 planches gravées à l'eau-forte.

1825. TASSO (Torquato). La Gerusalemme liberata. *Parigi presso F. A. Didot l'ainé*, 1784-1786, 2 tomes en 3 vol. in-4, demi-rel. bas. marb., non rognés (*Rel. mod.*).

Cet exemplaire ne contient que le frontispice et 25 figures de *Cochin* (sur 40); il manque en outre le texte des chants 16 à 20.

1826. TEMPLE DE MUSES (Le) orné de LX tableaux où sont représentés les événements les plus remarquables de l'antiquité fabuleuse ; dessinés et gravés par B. Picart le Romain, et autres habiles maîtres ; et accompagnés d'explications et de remarques, qui découvrent le vrai sens des fables, et le fondement qu'elles ont dans l'histoire (par de La Barre de Beaumarchais). *A Amsterdam, chez Zacharie Chatelain*, 1749, in-fol., dos et coins veau rouge, tr. marb. (*Rel. mod.*).

Les planches, qui ornent cet ouvrage, sont pour la plupart des copies de celles que *A. V. Diepenbeke* a exécutées pour un autre « Temple des muses », publié en 1655. Quelques taches.

1827. TERNISIEN D'HAUDRICOURT. Fastes de la nation française. *A Paris, au bureau de l'auteur, s. d.*, 2 vol. in-4, demi-rel. mar. rouge à longs grains, tr. jasp. (*Rel. de l'époque*).

Titre gravé, frontispice et 197 planches par *Martinet, Couché fils, Laffitte*, etc., avec texte gravé au-dessous de chaque planche.

1828. THÉATRE (Le). Revue mensuelle illustrée, de l'origine 1898, à 1901 inclus. *Paris, Boussod, Manzi, Joyant et Cie*, 1898-1901, 6 vol. in-4, demi-rel. chagrin vert, tête dor., ébarbés.

1829. THÉATRE DES BOULEVARDS, ou recueil de parades (par Collé, Fagan, Moncrif et Piron, réunies par Corbin). *A Mahon*

(*Paris, de l'Imp. de Gilles Langlois*), 1756, 3 vol. in-12, veau marb., dos orné, tr. jasp. (*Rel. anc.*).

Un frontispice à chaque volume, attribué à *Eisen*.

1830. VIGNETTES DU XVIIIe SIÈCLE. 9 figures dessinées et gravées par Choquet. — 3 vignettes par Gravelot en tirage à part pour la *Jérusalem* délivrée.

On y joint : une suite de 1 portrait par *Salmon* et 10 vignettes par *Alfred Johannot* pour les œuvres de C. Delavigne. Edition Furne 1833.

1831. VOLTAIRE. La Pucelle d'Orléans, poème, divisé en vingt un chants, avec les notes de M. de Morza (Voltaire). Nouvelle édition, corrigée, augmentée d'un chant entier, et de plusieurs morceaux répandus dans le corps de l'ouvrage, avec les variantes que l'on a jointes à la fin de chaque chant. *A Londres*, 1775, in-8, veau marb. fil., dos orné. tr. jasp. (*Rel. anc.*).

Texte encadré, frontispice allégorique et 21 figures non signées.

1832. VOLTAIRE. Suite complète du portrait de Jeanne d'Arc par Gaucher et des 21 figures par Le Barbier, Marillier. Monsiau, etc., gravées par Baquoy, Delignon, Delvaux, Patas, etc., pour *la Pucelle*, édition de Paris, Didot, an III (1795).

Épreuves coloriées en tirage moderne.
On y a ajouté un portrait de Voltaire, gravé par *Boisson*, d'après *Largillière*.

1833. VULSON DE LA COLOMBIÈRE. Les portraits des hommes illustres françois qui sont peints dans la galerie du palais Cardinal de Richelieu ; avec leurs principales actions, armes, devises et éloges latins ; desseignez et gravez par les sieurs Heince et Bignon..... *A Paris, chez J.-B. Loyson, Ch. de Sercy, etc.* 1664, in-fol., mar. bleu, comp. de fil., fleurons aux angles : au milieu du premier plat, écuyer à pied, en armure, tenant un bouclier fleurdelisé ; dent. int., tr. dor. (*Rel. mod.*).

Ouvrage orné d'un frontispice allégorique aux armes du cardinal de Richelieu et de 26 portraits.
Exemplaire lavé ; titre réparé. La notice sur Pierre Séguier manque.

V. — REGISTRES. PAPIER ANCIEN. ETC.

1834. ALBUM in-fol. oblong, dos et coins de mar. vert. contenant 50 feuilles de bristol bleuté montées sur onglets.

Cet album mesure 0,34 sur 0,60 et porte comme titre au dos « *Costume parisien* ».

1835. ALBUMS (4), dont un in-fol. oblong dérelié et 3 in-4, demi rel. chagrin bleu et cartonnés.

Ces albums contiennent ensemble environ 250 feuilles de bristol blanc et bleuté.

1836. BRISTOL. 108 feuilles de papier bristol fort, gr. in-fol., in-fol. et in-4.

1837. PAPIER ANCIEN, 169 feuilles en 1 vol. in-fol. vélin blanc (*Rel. anc.*).

Hauteur des feuilles 0.36, larg. 0.235.
Papier du XVIIIe siècle de teinte verdâtre.

1838. PAPIER BLANC ANCIEN. 76 feuilles en 1 vol. in-fol. mar. rouge, comp. de fil., fleurons aux angles, milieu orné (*Rel. du XVIIe siècle*).

Hauteur des feuilles 0,37, larg. 0,23.

1839. PAPIER BLANC ANCIEN. 188 feuilles en 1 vol. in-fol. bas. marb., dos orné. tr. rouges (*Rel. anc.*).

Hauteur des feuilles 0.35, larg. 0,215.

1840. PAPIER BLANC ANCIEN. Environ 320 feuilles en 3 cahiers, gr. in-fol. et in-fol.

Chacun des cahiers mesure, respectivement, 0.58 sur 0.38, 0.43 sur 0,28 et 0.44 sur 0,29.

1841. PAPIER BLANC ANCIEN. 323 feuilles en 1 vol. in-fol. bas. marb., tr. marb. (*Rel. anc.*).

Beau recueil, hauteur des feuilles 0,40, larg. 0,250.

1842. PAPIER BLANC ANCIEN. Environ 500 feuilles en 4 cahiers in-4 et pet. in-4.

2 des cahiers mesurent 0,26 sur 0,20 et les 2 autres, 0,21 sur 0,17.

1843. PAPIER BLANC ANCIEN. Environ 550 feuilles en 7 cahiers in-fol.

Trois cahiers de papier bleuté mesurent respectivement 0,40 sur 0,25. 0,37 sur 0,24. 0,33 sur 0,20 ; les autres, de papier blanc, ont à peu près les mêmes dimensions 0,34 sur 0,20 environ.

1844. PAPIER BLANC ANCIEN. Environ 600 feuilles détachées de différents formats.

1845. RELIURE in-fol. oblong, contenant 50 feuilles de papier blanc fort, mar. bleu, à longs grains, dent. dor. et à froid sur les plats, tr. dor.

Cette reliure mesure 0,29 sur 0,40.
On y joint un album gr. in-4 cartonn. toile verte, contenant 30 feuilles de papier blanc.

1846. **RELIURES** in-4, 10 vol. contenant chacun environ 150 feuilles de papier fort bleuté demi chagrin bleu ou rouge.

Chaque volume, destiné à recevoir des suites de costumes militaires, porte un titre au dos et mesure 0,35 sur 0,30.

1847. **RELIURES**. 2 vol. gr. in-fol., dos et coins mar. rouge, contenant ensemble 50 feuilles de bristol blanc, montées sur onglets.

Ces deux volumes mesurent, chacun, 0,70 sur 0,56, et portent comme titre au dos : *Specimen de divers genres de reproductions.*

1848. **RELIURES**. 2 vol. gr. in-fol, dos et coins mar. rouge, contenant chacun environ 100 feuilles de papier fort bleuté.

Ces reliures mesurent 0,70 sur 0,50 : elles portent comme titre au dos : *Costumes militaires sous la Restauration, et costumes militaires sous le premier empire.*

ORDRE DES VACATIONS

Première vacation.

Le lundi 6 mars 1911.

Nos 1368 à 1605.

Deuxième vacation.

Le mardi 7 mars 1911.

Nos 1606 à 1848.

CHARTRES. — IMPRIMERIE DURAND, RUE FULBERT.

www.ingramcontent.com/pod-product-compliance
Ingram Content Group UK Ltd.
Pitfield, Milton Keynes, MK11 3LW, UK
UKHW021126260726
13994UKWH00002B/997